# Qual
# Jack?

By
Lisa Gillis

Tradução: Heloísa R. Carvalho

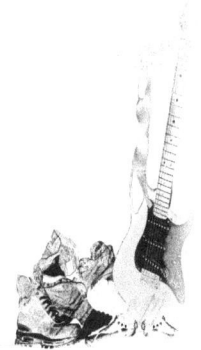

Rock Star Reads

Esta é uma obra de ficção. Referências a pessoas reais, eventos, estabelecimentos, organizações ou locais foram citadas apenas para promover a sensação de autenticidade em um contexto fictício. Todos os personagens, situações e diálogos são produto da imaginação da autora e não devem ser interpretados como reais.

0052117

First Edition
United States of America
17  7 6 5 4 3 2 1

# DEDICATÓRIA

Dedicado à verdadeira Miranda, à Laura Russo e aos vários leitores beta *rock stars* que deram forma a esta história. Às minhas amigas da CA, que me acompanharam na viagem da publicação. À minha família, Scott & Jett, por me disponibilizar muitas horas para escrever.

# INDICE ANALITICO

INDICE ANALITICO ..................................................... v

CAPÍTULO 1 ............................................................. 1

CAPÍTULO 2 ............................................................ 11

CAPÍTULO 3 ........................................................... 27

CAPÍTULO 4 ........................................................... 29

CAPÍTULO 5 ........................................................... 31

CAPÍTULO 6 ........................................................... 41

CAPÍTULO 7 ........................................................... 47

CAPÍTULO 8 ........................................................... 57

CAPÍTULO 9 ........................................................... 65

CAPÍTULO 10 .......................................................... 71

CAPÍTULO 11 .......................................................... 79

CAPÍTULO 12 .......................................................... 87

CAPÍTULO 13 .......................................................... 95

CAPÍTULO 14 ......................................................... 101

CAPÍTULO 15 ......................................................... 111

CAPÍTULO 16 ......................................................... 123

CAPÍTULO 17 ............................................................. 133

CAPÍTULO 18 ............................................................. 145

CAPÍTULO 19 ............................................................. 151

CAPÍTULO 20 ............................................................. 159

CAPÍTULO 21 ............................................................. 171

CAPÍTULO 22 ............................................................. 185

CAPÍTULO 23 ............................................................. 193

CAPÍTULO 24 ............................................................. 203

CAPÍTULO 25 ............................................................. 215

CAPÍTULO 26 ............................................................. 225

CAPÍTULO 27 ............................................................. 235

# CAPÍTULO 1

"QPC!" As letras saíram com dificuldade. Acrônimo verbal era algo que ela raramente utilizava, mas passar horas embaixo de um sol escaldante fez com que a voz de Marissa Duplei enfraquecesse e sua blusa curta colasse em sua pele. Estar no meio de uma multidão, que também estava com corpo quente, intensificava a sensação de sufoco. Sua melhor amiga, Olivia, pronunciava abreviações com frequência, e não teve problema para interpretar *Quente Pra Caralho*.

"Você está parecendo uma vampira! Quando foi que parou de se divertir?" Olivia reclamou enquanto elas andavam no meio da aglomeração de pessoas vestidas com pouca roupa. "Nós ficávamos em alerta o dia todo fazendo patrulha na praia."

Sua amiga fazia referência à época em que elas eram mais novas, na cidade costeira de Mississippi, quando saíam sem parar à procura de rapazes que conseguiriam mexer com suas estruturas. Naquele tempo, elas arrumavam ficantes nas férias de primavera e nos meses de verão e nunca reclamavam da temperatura.

Um trailer de bebidas refrescantes era um oásis fora da areia, e Olivia entregou seu cartão pela janela minúscula. Sentindo o sopro de ar fresco durante a negociação, Marissa se aproximou quando o cartão de crédito de Olivia foi devolvido e as embalagens foram empurradas para o lado em que elas estavam.

Ela fechou os dedos ao redor da base do copo e secou as gotas de suor que se formavam em sua testa. Do nada, ela pensou em como seria o estado do seu novo rímel, que comprou em uma liquidação de farmácia.

Olivia fechou seus lábios vermelhos e brilhantes em volta do canudo do seu enorme drinque furacão. Marissa não duvidava que o batom da Liv, assim como qualquer outra coisa aplicada ao seu rosto, eram artigos de grife comprados em lojas de departamento, que valiam três ou quase três dígitos, e garantiam vinte e quatro horas sem manchas ou desaparecimento. Sugando o seu próprio canudo, ela olhou para as pessoas ao redor enquanto a refrescante bebida alcoólica descia com suavidade por sua garganta.

"Melhor?" Olivia perguntou docemente.

"Muito!" Marissa afirmou e empurrou os óculos escuros baratos mais para cima no seu nariz. Esboçando um sorriso, ela se esforçou em parecer animada para andar pelo *Hang Fest*, um festival anual com bandas ao vivo, brinquedos de parque de diversões e barracas de vendas.

"Ótimo." Olivia sorriu. "Vamos dar sequência à Primeira Fase."

"Ugh…" Dessa vez seu suspiro foi de aborrecimento.

Até agora, a missão havia sido temporariamente abandonada, mas não cancelada. Em pensamento, ela xingou Kel pela centésima primeira vez.

Ela ficou devastada na semana anterior, quando pegou seu noivo, Kel, com uma vagabunda montada em seu colo. Pior ainda, por ironia do destino, ela sempre se lembraria do nome da vadia, já que ele estava carimbado de forma permanente na bunda magra dela. A imagem estava gravada no cérebro de Marissa para sempre.

Hibernando, ela se afundou em sofrimento no seu apartamento, e se esbaldou com barras de granola e iogurtes. Olivia se tornou a única pessoa com quem ela conversava, com quem ela se lamentava, com quem ela chorava ao telefone e para quem ela enviava mensagens de ódio sobre o Kel.

Kel ligava, implorando e se desculpando, e quando ela parou de enviar as chamadas direto para a caixa de voz, Olivia organizou a "Operação para Resgatar Rissa".

De acordo com Olivia, a solução para términos era ficar com outra pessoa, então a missão de hoje era se arrumar, sacudir a poeira deixada pelo Kel e se envolver com outro cara.

Era aterrorizante pensar em ficar com um estranho. Quando se tratava de homens, Marissa estava fora de prática. Ela trabalhava em um cassino local e distribuía sorrisos sensuais, ensaiados à frente do espelho, para ganhar melhores gorjetas dos jogadores de *black jack*, mas ela não era assim com pessoas de carne e osso.

Olivia lançou um sorriso de encorajamento quando elas pararam em frente ao cercado que subia até a plataforma do palco. Olivia, que também trabalhava no cassino, ganhou de gorjeta uma entrada para os bastidores e esperava conhecer e se envolver com seus ídolos do rock.

Marissa não tinha esse tipo de anseio. Além de não possuir um cartão de acesso VIP, ela não se importava com nenhuma dessas bandas.

"Dez horas, Rissa." A frase entusiasmada era sobre direção, não o horário, e, como instruída, Marissa direcionou o olhar de leve para a esquerda.

Um *roadie* comprido e esguio havia parado no meio da organização do palco e voltava sua atenção para elas. Olivia levantou o crachá pendurado no seu pescoço. Os pés de Marissa vacilavam, estava nervosa, já que o sucesso da sua passagem por tal linha sagrada dependia de suas habilidades de paquera.

Deixando de lado os horríveis acontecimentos da semana anterior, ela esboçou o sorriso mais sensual e lançou sua primeira cantada "estranha" em cinco anos. Após gesticular que iria até elas, o *roadie* terminou de arrumar o suporte do microfone.

"Ponto!" Olivia fez uma dancinha antes de pegar o pulso da Marissa e rebocá-la para perto do portão. Sua amiga animada falava vagamente sobre qual integrante, de qual banda e em qual ordem ela queria transar. Marissa ouvia sem prestar muita atenção, por se sentir cada vez mais nervosa, e batalhava contra um ataque de pânico. Ela se concentrou na amiga em vez da área além do cercado.

Olivia curvou o quadril e passou suas unhas bem-cuidadas por sua escápula, sacudindo o grande volume de cabelos ao se levantar.

Marissa tomou a bebida até a última gota, desesperada para que o álcool a fizesse se sentir mais confiante. A alguns passos de distância, ela destruiu o copo, ignorando a desaprovação silenciosa da amiga. Usando o mesmo copo, o refil saía pela metade do preço, e Olivia, apesar de torrar dinheiro com tudo o que é de grife, economizava em tudo o que era álcool.

"Ele está vindo!" A carranca de Olivia desapareceu e ela arrebitou o quadril enquanto sussurrava. Marissa entendeu isso como uma indireta para que ela também fizesse uma pose sensual.

Apesar de ele tê-las visto a vários metros de distância, reconheceu-as com facilidade, e o *roadie* era ainda mais atraente de perto. O cabelo liso castanho estava amarrado com um elástico na altura da sua nuca, e analisou-as com os olhos castanhos e ardentes.

Sem conferir os crachás de acesso, ele empurrou o portão e deu um passo para o lado, abrindo-o o suficiente para elas passarem, mas não o bastante para que elas pudessem fazê-lo sem roçar em sua camiseta. Eles engajaram uma conversa fiada rapidamente, embora seus passos fossem lentos. Elas caminhavam, uma a cada lado dele, respondendo perguntas banais, como nome, de onde vieram; e ele respondia quando elas perguntavam.

Dirk era da cidade de Nova Iorque, e tinha a atenção total da Olivia quando falava sobre uma das bandas que ela idolatrava. Descansando o pé no degrau de entrada de um dos vários trailers estacionados ao

redor, ele indagou com um sorriso reservado: "Então você quer conhecer a Jackal?"

"Você está falando sério?" Olivia saltou de um pé para o outro, quase deixando cair o copo com o furacão em seu entusiasmo, e continuou: "É claro!"

Marissa permaneceu em silêncio, analisando a expressão do cara e, por instinto, não gostou do que viu.

O sorriso dele aumentou. "Conheço todos os caras da banda. Então, claro, se você quiser conhecê-los, fique comigo." Não havia como confundir a insinuação quando ele prendeu o olhar no decote de Olivia, e, como se isso não fosse repugnante o bastante, desceu as mãos para um rápido ajuste na parte da frente do seu jeans.

Sem alternativa a não ser proferir uma desculpa qualquer, Marissa virou o salto do seu coturno, mas voltou atrás quando Olivia não a seguiu.

"Liv!" O silvo saiu de seus lábios como uma respiração irritada, e logo foi interrompido, quando sua amiga correu até lá, nem um pouco incomodada.

"Eu vou ficar", Olivia informou e depois franziu cenho. "Você não vai?"

Olivia era incontrolável e já tinha abandonado Marissa para ficar com vários caras em muitas outras ocasiões. Entretanto, oferecer um favor qualquer para um estranho, em troca de uma chance de conhecer um ídolo, era tão imprudente que Marissa começou a pensar se Liv tinha planejado isso com antecedência, antes de buscá-la. Com certeza, poderia culpar o álcool pelo comportamento irracional.

Quando Dirk, o idiota, entrou na discussão, Marissa perdeu a batalha, mas não antes de exigir o celular de Olivia.

Sob o pretexto de conferir se o aparelho estava disponível para receber chamadas, ela ativou o rastreador e o devolveu ao bolso do jeans de grife da Liv.

"Responda às minhas mensagens." Com uma careta ameaçadora, ela ficou esperando, preocupada.

Liv desapareceu com o *roadie* para dentro do trailer, enquanto zombava, "Pode deixar, madame!" Pouco antes da porta bater.

A garota era demente. Será que a Liv se tornou ainda mais irresponsável e maluca depois que Marissa parou de perambular com ela para ir morar com o Kel? Talvez ela sempre tenha sido assim e Marissa não tinha prestado atenção...

Uma bola de pelos colidiu com um de seus calcanhares, interrompendo suas reflexões, e ela, curiosa, olhou ao redor, à procura de quem poderia ser o dono do cachorro. O próximo show tinha começado e a voz de uma mulher se misturava ao barulho dos instrumentos no palco. Numerosos trailers, caminhões e ônibus estavam estacionados em espaços numerados com nitidez, no que parecia ser uma área de estacionamento particular. Algumas tendas amplas se embrenhavam entre as filas de metal e pneus. O filhote arrastava uma coleira, o que era uma evidência clara de que ele estava perdido.

Quando era criança, Marissa e seus irmãos tiveram um Jack Russell Terrier de estimação, carinhosamente apelidado de *Bones* por seu irmão mais velho, o que durou poucos meses, já que sua mãe desenvolveu alergia. Dias depois, o animalzinho de estimação de quatro patas fora doado a uma boa casa, para a aflição

de todos os integrantes da família que mediam menos de um metro e vinte centímetros.

Esse cachorro, que era muito semelhante ao *Bones*, fez com que ela se recordasse daqueles dias. Ajoelhando-se à medida que ele se aproximava, ela estendeu uma mão com cautela e, quando o cãozinho mostrou confiança, correndo em sua direção, ela passou a mão no seu pelo curto enquanto pegava a coleira. De jeito nenhum ela deixaria esse filhotinho de olhar inocente vagando por aí.

Sem saber para onde ir, ela subiu na calçada das moradias móveis. Entre dois ônibus enormes, alguns rapazes passavam um pequeno baseado, o que a fez hesitar e perder o sorriso. Ainda bem que o grupo sorriu de forma acolhedora, apesar de ser intimidador, visto a quantidade de tatuagem no torso e braços que estavam sem camisa, as cabeças raspadas e uma variedade de barbas de motoqueiro desalinhadas.

"Ei, querida! Quer um trago?"

Não havia nenhuma Olivia rebelde ao seu lado para pegar o baseado e responder de maneira furtiva, mas, mesmo assim, ela se aproximou com a intenção de descobrir qualquer informação sobre seu novo amigo de quatro patas.

Educada, ela esticou a mão e fingiu dar um trago. Ironicamente, ela esperava que os rumores que ouvia sobre fumar por tabela fossem verdadeiros, e que os exames de droga aleatórios ameaçados pelo manual dos empregados não fossem suspensos na segunda-feira.

"Eu queria descobrir quem é o dono deste cachorrinho…" Marissa parou porque não tinha averiguado os detalhes do gênero do canino. "Ou seria cachorrinha?"

"Jack." O cara com cavanhaque soltou o ar que estava segurando, e o rosto dela não deve ter indicado reconhecimento, visto que ele completou: "Jack Storm."

Parecia que ela já tinha ouvido esse nome entre outros que a Olivia tinha comentado mais cedo, e Marissa, com esperança, estendeu a coleira. "Então, será que você poderia…?"

Imediatamente três cabeças balançaram, negando seu pedido, e ela ouviu gargalhadas e murmúrios sobre cachorro de mulherzinha. Ajoelhando-se, ela coçou os pelos entre as orelhas do cãozinho, consolando-o por ter sido ridicularizado.

O cara com as "costeletas de carneiro" parou de rir o suficiente para dar direções, apontando o dedo para um lugar qualquer. "O ônibus com o relâmpago azul, descendo pela lateral, querida."

Ela assentiu, agradecendo, e saiu de lá. O Terrier correu na frente, esticando a coleira ao máximo e, por reflexo, ela segurou com mais firmeza. Três fileiras para baixo, a ponta o relâmpago mencionado apareceu e ela desacelerou os passos. Ela não sabia o que pensar quando se imaginava batendo na porta da moradia móvel de um *rock star*.

A porta abriu com um solavanco, e o coração dela parou não só por causa do susto. O batente da porta enquadrava o melhor espécime masculino que ela já tinha visto.

A primeira coisa que chamou sua atenção foi a nudez do seu peito e o tanquinho, que parecia ser ainda mais trabalhado do que era visível. Sua garganta foi comprimida por uma súbita dificuldade de engolir. Ele exibia duas mangas totalmente tatuadas, que se afunilavam entre os ombros e pescoço, mal alcançando a

garganta. Suas pernas estavam adornadas com jeans e o botão estava aberto, revelando uma pequena quantia de pelo em um abdômen chapado. Relutante, ela arrastou o olhar para cima dessa visão do paraíso, até alcançar seus traços marcantes e, por fim, parar nas profundas íris cor de chocolate.

Sorrir havia dado certo até o momento, e ela, de algum jeito, conseguiu esboçar um sorriso, mas recebeu uma careta como resposta. Ele fez um sinal com o queixo para o asfalto ao lado de onde ela estava, fazendo com que o cabelo desgrenhado e escuro resvalasse no ombro.

"O que diabos você está fazendo com o meu cachorro?"

# CAPÍTULO 2

A fúria, obviamente direcionada a ela, à pessoa que resgatou o cachorro dele, era confusa, e ela olhou para seu tênis preto de cano longo. Sem paciência, ele pulou os degraus, saltando do ônibus até o chão. Quando ele arrancou a coleira da sua mão, ela fitou indignada o seu olhar zangado.

"Como assim? O que estou fazendo com seu cachorro?" A voz dela baixou algumas oitavas para imitar a entonação dele. "Seu cachorro estava perdido! Lá atrás." Em um movimento rápido com o braço, ela indicou a parte oeste do palco antes de continuar. "Eu vim te procurar em vez de deixar que algo acontecesse com ele, humm… ou ela!"

Ele tinha pegado o cãozinho no colo e o acariciava enquanto ela fazia um discurso. Logo, ele o colocou no chão e cruzou os braços, irritado, enquanto perguntava: "Oh? Você tinha boas intenções? Por isso trouxe o Rusty pra mim?" Arqueou uma sobrancelha escura quando esperava de forma arrogante pela resposta.

"Rusty?" Ela soltou uma onda de risada histérica junto à pergunta.

"Posso saber o que é tão engraçado?"

"Sério? Posso saber o que não é?" Aborrecido, ele levantou as sobrancelhas marrom-escuras enquanto ela afirmava o óbvio: "O cachorro é da raça Jack Russell Terrier?" Quando ele não mexeu o queixo para confirmar ou negar, ela pressionou: "Você se chama Jack e seu cachorro se chama Russell ou Rusty?"

"Rusty, e não Russell."

"Semântica", ela respondeu com um suspiro cansado e deu uns passos para trás, para voltar pelo mesmo caminho que a fez chegar ali. Ela daria um jeito de voltar para casa de alguma forma. Amaldiçoou Olivia.

De repente, mais um final de semana sozinha parecia maravilhoso. Talvez ela pudesse parar em um *delivery* e pegar um sanduíche de frango com pão integral. Ela desejava superar esse término repentino com menos quilos do que lágrimas, o que decorria do problema de peso que enfrentou durante sua adolescência.

"Espere!"

E foi exatamente o que ela fez, respondendo apenas com uma virada do corpo, querendo saber o que ele diria.

"Sim. No começo, o nome era uma brincadeira. Mas combinou com ele, então deixei assim." Ele aparentava sentir um pouco de rancor enquanto explicava o nome Rusty. "Desculpe por ter te acusado. O deixei amarrado aqui fora por um segundo e fui lá dentro vestir uma camiseta e sapatos. Simplesmente deduzi que você o tinha pegado. Porque queria me conhecer..."

"Tirando o seu nome, não sei quem é você." Olhando diretamente em seu rosto, ela limpou o suor das palmas das mãos no seu short jeans surrado.

"É. Percebi. Mais uma vez, me desculpe." Agora suas sobrancelhas estavam retas em vez de franzidas, e os incríveis olhos negros estavam mais suaves. "Obviamente, ou, acho, não tão óbvio, sou o Jack."

"Marissa." Ela se apresentou como sempre fazia, demonstrando os costumes do Sul, e estendeu a mão para frente.

Ele se aproximou e apertou a mão dela, o contato de suas palmas causou uma sensação de formigamento que se espalhou por cada célula. A voz dele possuía um timbre rouco que ressoava de forma intrigante por seus ouvidos. "Você parece quente, Marissa."

Determinada a aceitar o elogio de maneira tão singela quanto Olivia faria, ela invocou um olhar sensual quando olhou de volta para ele. "Obrigada. Você também…"

Os olhos escuros pestanejaram surpresa, e quando ele curvou os lábios para um sorriso, revelou uma covinha. "Eu quis dizer que você parece sentir calor." Uma brisa começou a soprar de leve. O próximo vento, vindo do Sul na direção do oceano, refrescou o suor no rosto dela e ajudou a esclarecer o engano. Rapidamente, ele emendou: "E, claro, quente em outros sentidos." Seus olhos deslizaram admirando a gola da sua blusinha e seguiram para baixo, sustentando o elogio. "Quer beber alguma coisa?"

"Claro." Ela encolheu um ombro e aguardou, esperando que ele fosse entrar e sair do ônibus, entretanto, segurou a porta aberta quando subia os degraus, convidando-a para entrar.

Enquanto ela olhava ao redor, absorvendo o extravagante interior, ele bancou o anfitrião, oferecendo o que tinha na geladeira até ela aceitar uma cerveja. Atencioso, abriu a tampa da garrafa antes de entregá-la. Após optar pela mesma bebida, ele encheu uma vasilha de água para o Rusty. A água esparramou quando ele depositou a vasilha no piso do chão, e, depois, se endireitou apoiando o quadril nos gabinetes com textura de mogno.

Rapidamente, ela desviou o olhar, mas tinha observado o suficiente para considerar as costas dele tão agradáveis quanto a parte da frente.

"Obrigado, mais uma vez. Pelo Rusty. Provavelmente não deveria tê-lo trazido na turnê, mas trouxe. Eu morreria se acontecesse alguma coisa com ele."

Muito impressionada com o apego que ele tinha com o animalzinho, ela sorriu enquanto sorvia a bebida, e os olhos dele admiravam sua garganta enquanto ela engolia.

"Então, você veio com alguém? No festival?"

"Com minha amiga." Passando a garrafa para a outra mão, ela pressionou os dedos gelados na base do pescoço enquanto brincava. "Mas, quando entramos aqui, ela me trocou pela primeira droga que encontrou."

Sua resposta fez com que ele soltasse uma risada crua e rouca, e ela desejou poder retirar o que disse. Pintar a Liv como uma *groupie* fazia com que ela parecesse uma?

"Que tipo de música você ouve? É evidente que não é a minha." De novo, estampou o doce e sarcástico sorriso, que já estava se tornando viciante.

14

Rusty parou de lamber quando a água estava na metade e saltou em um sofá de couro confortável, estilo banco de parque. Oscilando seu olhar entre o cãozinho e seu dono, ela ficou novamente impressionada com os olhares trocados entre eles e pelo carisma que Jack exalava em cada respiração.

Poucas semanas atrás, ela aprendeu a odiar tatuagens. E agora, enquanto seus olhos corriam por toda a tinta que decorava os braços dele, ela não enxergava lembranças dolorosas, apenas uma arte bonita. A parte interna do braço esquerdo retratava o braço de uma guitarra que desvanecia em seu pulso. Partituras de músicas contornavam seu bíceps e tríceps em espiral, e ela ficou imaginando que música seria aquela. Quando ele sorveu mais um gole, o movimento do braço interrompeu sua fixação.

Lembrando-se de que ele havia feito uma pergunta, ela respondeu: "De tudo. Geralmente rock. Um pouco de metal. Mas não conheço a maioria dessas bandas." Ela fazia referência ao festival nesta última parte. "São mais pesadas do que as que eu costumo ouvir."

"Não conhece a minha?" Balançando a cabeça, ela perguntou se ele já havia tocado. Agora foi a vez de ele negar com a cabeça. "Daqui a duas horas. Estou apenas relaxando. Tentando entrar no clima, entende?" Ela assentia, como se entendesse, e ele, estampando mais um sorriso envolvente, levantou a cerveja. "Melhor cura para medo de palco."

"Medo de palco?" Ela duvidou dessa afirmação, mantendo os olhos fixos à maneira como a garrafa tocava seus lábios e ele engolia, movendo seu pomo de Adão.

15

"Você também deve achar isso engraçado." Ele a prendeu com o olhar em desafio, e um leve sorriso começou a se formar no canto da sua boca.

"Quem não acharia?", ela respondeu na defensiva, e seu olhar tímido continuou fitando o rosto dele com determinação. "Um músico com medo de se apresentar…"

"É comum."

Ele soava um pouco rejeitado, mas mesmo assim parecia que ela ainda não desistiria de debater seu argumento. "Bem, se eu tivesse medo de cachorro…" Ela olhou diretamente para o Rusty, que achatou as orelhas na cabeça. "… eu não seria uma veterinária…"

"Não?" Aquelas sobrancelhas escuras arquearam em zombaria, e o brilho nos olhos dele deixou de ser ofendido e passou a ser divertido. "Nem se você tivesse colocado um Band-Aid em um cachorrinho perdido, e alguém tivesse visto que você era muito boa com Band-Aids. Nem se o cara te oferecesse um quarto de milhões de dólares para você tomar conta de uma ninhada de cachorrinhos?" As orelhas de Rusty se levantaram quando ele viu seu dono olhar para ele.

É claro que a comparação se referia a contratos de shows e gravações. Não era à toa o uso do trocadilho com "Band-Aids". Observando-o com um pouco mais de respeito, ela refletiu: "Foi isso que aconteceu com você?"

Balançando a cabeça, ele parou para tomar mais um gole de cerveja e depois brincou: "Não, eu nunca colocaria um Band-Aid em um cachorrinho. Nada prático, com todo aquele pelo…"

Geralmente, ela não fazia o tipo que revirava os olhos, mas sentiu a ação inconsciente e viu as profundezas dos olhos escuros cintilar como resposta. Ela tinha relaxado com muita facilidade, como se ele fosse um amigo de longa data, porém, ao mesmo tempo, todos os seus neurônios estavam muito conscientes da presença dele.

Jack a excitava, a afetava mais do que Kel jamais havia feito, mesmo considerando o relacionamento. Uma sobreposição estava acontecendo, suas palavras e ações estavam deixando de ser realizadas por lógica e instinto, passando a ser governadas por sua libido e impulsos. Ele continuou em silêncio, observando de perto quando ela sorveu a bebida, da mesma forma que ela tinha feito com ele.

Relaxando sob o leve feitiço que parecia ter se estabelecido ao redor deles, ela sussurrou: "Então, a melhor cura para medo do palco… é isto?" Ela inclinou a garrafa para dar mais sensualidade ao gole.

Seus olhos escuros fulminaram os dela, transmitindo um entendimento instintivo e primitivo, de macho para fêmea.

"Bem, talvez não seja a melhor…" A voz dele baixou alguns decibéis, e o sussurro rouco era provavelmente o som mais sensual que ela já tinha ouvido.

"Qual seria a melhor?" Seu questionamento saiu mais como um sopro do que um sussurro.

Ela deu o primeiro passo centenas de vezes com o seu noivo, e fez o mesmo com os ficantes da faculdade quando estava extremamente embriagada. Agora, apesar de esse cara ser um estranho e de ela estar relativamente sóbria, ela passou seus dedos pela pele nua, desde a arte logo abaixo da primeira marca do peitoral, até o botão que ainda estava aberto.

Esforçando-se para ser casual, coisa que ela não sentia, inclinou a garrafa para sorver outro gole, almejando muito mais do que a bebida. Não porque ela tinha feito um favor ou pelo fato de ele ser famoso. Simplesmente porque uma conexão íntima com ele se tornou uma necessidade... não importava se sua única opção fosse se ajoelhar no piso gelado do chão.

Jack pensava além disso. Ele alcançou atrás dela, fazendo a garrafa tinir quando a depositou no balcão de granito. Depois, enrolou uma mecha do cabelo dela com um dedo longo e bronzeado, e a empurrou por cima do ombro.

De forma automática, ela inclinou seu corpo em sua direção, enquanto ele diminuía o espaço existente entre seus pés. O coração dela batia com força, acelerado, reconhecendo que ela poderia ser beijada por ele... o cara que despertou a luxúria de uma natureza que ela nunca sentiu em seus vinte e dois anos.

A antecipação que sentiu quando ele inclinou a cabeça fez com que seu sangue borbulhasse por suas veias.

Ele alinhou seus lábios aos dela e roçou levemente, depois sua língua começou a tocá-la de tal jeito que a deixou sem ar. Após provocá-la com um leve puxão com os dentes, ele aprofundou o beijo, e a língua dela se envolveu à dele com entusiasmo.

Não dava para explicar qual a diferença entre este beijo e todos os outros que ela já tinha experimentado, mas era incomparável.

Quente e doce, ela queria que ele nunca parasse.

Quando ele parou, ela nem se importou, pois ele mudou o foco da sua atenção. O toque dos seus lábios incendiava a lateral do seu pescoço e um calafrio arrepiou sua coluna, quando ele se concentrou em sua garganta, fazendo uma trilha até o outro lado.

Com os dedos abertos embaixo dos braços dela, ele passava os polegares lentamente pelos pontos sensíveis sob a costela, o que fazia com que ela desejasse que não existisse a barreira imposta pelo sutiã e pela blusinha.

Ela descansou a testa no ombro dele, apertando para chegar ainda mais perto, tocando seus lábios na pele do seu peito. Ela respirou fundo seu aroma pós-banho e tentou não se preocupar por ter suado pela maior parte do dia. Espalmou a mão no peito dele, faminta para sentir sua pele, depois envolveu os músculos das suas costas. Ele adicionou a língua aos beijos calorosos, fazendo com que os joelhos dela cedessem e ela agarrasse seu tronco procurando apoio.

Os lábios dela emitiram um gemido e, após um momento, ele interrompeu a deliciosa tortura. As mãos dele deambularam por todo lado. Quando ela foi capaz de retribuir, experimentou o peito bronzeado que havia lhe atormentado desde a primeira vista.

Isso fez com que ele parasse, e, sem distração, ela conseguiu se entregar ao que estava fazendo. Ele se afastou dela de leve e brincou com os dedos pela barra da regata que ela estava usando.

"Marissa?"

Seus ouvidos apreciaram o seu nome sendo pronunciado por aquele timbre profundo e arrastado, até que sua cabeça confusa compreendeu que ele estava, de alguma forma, esperando uma permissão.

Ela empurrou as mãos dele e arrancou a blusinha. O ar-condicionado refrescou sua pele, que fervia enquanto o tecido caía no chão. Os dedos dele, mais uma vez, incendiaram-na de imediato, deslizando para lá e para cá, detendo-se de forma apreciativa nas curvas e contornos. Dedos calejados por guitarra, entorpecidos pela textura lisa. Ele estava impaciente com os triângulos de renda que escondiam seu novo alvo e deixou que seus dedos mergulhassem por baixo do tecido vermelho, onde passou a acariciá-la e provocá-la com delicados puxões até que ela enlouquecesse e abrisse o fecho, com esperança de que a boca errante fosse se mover naquela direção.

Seus pés saíram do chão e ela foi posicionada acima do balcão, enquanto ele satisfazia o seu desejo. As mechas desgrenhadas do cabelo dele eram como seda em contato com seu queixo, e ela, inconsciente, pressionava a ponta dos dedos na escápula dele, segurando-o contra ela ao engolir um gemido. Ela olhou para o Rusty e encontrou o animal observando intensamente. Para bloquear essa imagem bizarra, cerrou suas pálpebras, o que só ampliou a sensação. O próximo contato da língua dele fez com que sua cabeça pendesse no pescoço e olhasse para a faixa que iluminava o teto.

Sem o sutiã como empecilho, ele usou os lábios, língua e dentes de forma generosa, protelando as carícias em espiral, as lambidas que mais pareciam fogo líquido, os puxões e os beliscões, fazendo-a apertá-lo ainda mais. Cada gesto incitava a corrente conectada ao fogo que inflamava o seu interior, arrancando gemidos abafados.

Ele roçou o polegar em um dos seus cumes úmidos e depois subiu para os seus lábios molhados, diminuindo a sobrecarga sensorial progressivamente. Ele encostou a cabeça na dela enquanto fitava seus olhos. Ela sentiu um peso esmagador. Não do tipo físico, no qual almejava o corpo dele contra o dela, mas uma decepção psicológica esmagadora ao notar o olhar de renúncia que ele esboçava.

"Não fique brava…" Sentiu o sopro do sussurro roçar o seu rosto.

Brava? Existia uma palavra capaz de definir esse desagradável espectro emocional que, de repente, se agitava e tomava conta do seu interior? Ela queria gritar de frustração e chorar de vergonha. Ele era famoso. Ela era uma pessoa normal, não uma *groupie*. Ela chegou a pensar, de verdade, que alguém como ele desperdiçaria uma rapidinha com ela?

Ele pegou um papel e colocou em cima do balcão. Quando solicitou sua atenção para os parágrafos digitados, ela, orgulhosa, escondeu a dor por trás de suas pálpebras, antes de espiar. Ela viu, com sua visão periférica, que na mesma gaveta havia uma grande caixa com embalagens de preservativos.

"Eu tenho que fazer isso…" A explicação era hesitante e soava arrependida. "E não existe hora ou jeito certo… acredite em mim…"

De alguma maneira, seus sentidos e sua mente se acalmaram o suficiente para que ela pudesse ler, e, logo depois, levantou os olhos, esperando encontrar uma câmera escondida em alguma das várias portas moduladas, anunciando algum tipo de pegadinha. Sem dúvida, a sua expressão era engraçada o suficiente para aumentar o ibope, mas o olhar de Jack era sério, como se estivesse implorando.

Um minuto depois, ela assinou o seu nome e data em uma linha em branco, concordando que ela participou de forma voluntária desse encontro apaixonado. Em dois minutos, ela estava entrelaçada nele em um beliche de casal e já tinha esquecido a breve

interrupção. Talvez ela devesse ter se sentido ofendida, mas ser envolvida por seus lábios, língua e toques era muito mais importante que o jargão jurídico no papel.

"Humm... espera... eu assinei pra... isso...", ela provocou uma vez, mal conseguindo pronunciar, e ele a puniu com prazer pelas palavras desafiadoras.

Na faculdade, ela e suas amigas sempre comparavam seus ficantes com os brinquedos de um parque de diversões, analisando cada um em uma escala em que o carrossel era considerado lento e entediante. Jack era uma montanha-russa, começando rápido e desacelerando várias vezes, antes das selvagens e tão aguardadas emoções dos trilhos.

Quando suas respirações se tornaram algo além de arfadas e gemidos, ele deixou sua cabeça cair, procurando os lábios dela para mais um beijo enlouquecedor, antes de se afastar um pouco. Deixou uma das mãos descansando no quadril dela, mantendo o contato.

Esse momento era sempre constrangedor. De repente, ela se lembrava de rolos antigos como se fossem recentes... o momento em que fingia dormir para que a outra pessoa pudesse sair de fininho, ou que se arrumava correndo enquanto a outra pessoa estava no banheiro...

*O cachorro.* Como se soubesse que a indecência tinha acabado, ou talvez ele tenha assistido, fato ela com certeza nunca saberia, Rusty colocou a cabeça por cima do beliche.

Vendo a direção do seu olhar, Jack se virou e censurou seu animal de estimação, depois saiu da cama e pegou a roupa espalhada. Enquanto ele vestia o jeans, ela admirava a paisagem, incluindo o contraste da linha bronzeada na sua cintura, e, de forma possessiva, avaliou as leves curvas que suas unhas deixaram na pele pálida que ele estava prestes a cobrir. Assim que Jack estendeu a mão para alcançar uma meia, Rusty a pegou e saiu correndo brincando, o que rendeu um sorriso divertido nos lábios dela.

"Pelo menos ele não pegou alguma coisa sua." Sorrindo de volta, ele começou a pegar as coisas dela educadamente e se inclinou para mais um beijo rápido enquanto deixava a roupa cair em cima da cama.

Ele indicou o banheiro com um dedo e ofereceu o chuveiro que ficava além dele. Ela não sabia se ele sempre agia dessa forma após transar, mas cada estágio era incrível, inclusive depois, sem o constrangimento.

A toalha frisada que ela usou vinte e cinco minutos depois parecia ter a quantia de fios de uma pétala de flor em contato com sua pele ainda entorpecida por cada toque e beijo. Ela tinha certeza de que ele não tinha planejado tomar banho com ela, mas o fez, e foi mais uma vez espetacular. Ela percebeu que ele estava esperando pela toalha, entregou-a e mascarou sua decepção quando ele a amarrou no seu quadril após se secar.

Ela não conseguia evitar pensar se essa conexão também era algo fora do comum para ele, ou se, talvez, só ela que tenha levado anos para descobrir que tal química poderia existir.

Espreitando no espelho, ela esfregou os olhos de guaxinim até limpá-los, e ele passou a escova e o elástico de cabelos para ela, de forma automática. Ele se encostou ao balcão, imitando a posição de antes, e, com um brilho de admiração no olhar, a observou. Ela

percebeu que desejava que ele fosse um cara normal e que pudesse vê-lo novamente.

Quando estava vestida, se virou para ele, conferindo a carteira de motorista, dinheiro e chaves nos bolsos, enquanto analisava o chão à procura de alguma coisa que poderia ter caído.

"Obrigado por me curar do medo de palco…" Por mais que suas palavras tivessem tom de brincadeira, seus olhos pareciam solenes.

"Disponha." Deixando-se levar pelo impulso que estava além do seu controle, ela ficou na ponta dos pés, deu um beijo na sua mandíbula e se ajoelhou em seguida para afagar Rusty, antes de se virar em direção à porta.

"Ah, Mariss, espere…"

Ela nunca se esqueceria do som do seu nome abreviado, quando ele murmurou e gemeu durante o curto período em que ficaram. Na cama, ele falou livremente, sem recorrer a "linda" ou "isso, garota" de que ela se lembrava das noitadas da época da faculdade.

Quando ele abriu um gabinete, ela se perguntou com humor se ali havia mais alguma coisa que ela precisaria assinar, talvez uma "satisfação garantida" ou algo parecido. Mas o que ele passou para ela foi um CD.

"Escute… você pode gostar."

As estrelas no céu não conseguiriam corresponder ao brilho daqueles olhos escuros.

"Obrigada, não duvido disso." Era verdade. Ao ouvir sua voz ela seria levada de volta a esse momento. Ainda assim, ganhar um álbum de despedida fez com que ela se sentisse como uma *groupie*, o que reduziu a grandiosidade do momento que passaram juntos.

Quem ela queria enganar? Resoluta, corrigiu a postura. Seria melhor "colocar em perspectiva". O encontro era uma farsa. Não tinha como mascarar a situação, independentemente do quão lindo havia sido.

"Tudo bem se eu pegar seu número?" O timbre rouco fez com que ela levantasse o queixo em descrença.

Essa era uma boa maneira de curar a sensação de vagabunda desprezível. Em silêncio, entregou o celular para fazerem a troca. Ao contrário de pegar o aparelho e mandar uma mensagem para seu número, ele lançou um daqueles sorrisos peculiares que ela se familiarizou em tão pouco tempo.

"Eu, humm, na verdade, já peguei. Eu estava meio que assumindo, aí percebi que foi uma burrice."

Quando? Antes de segui-la até o chuveiro? Depois, quando ela estava se arrumando? Não que isso importasse, ela devolveu o sorriso. "Não, tudo bem."

Tudo bem era pouco. Ele pode nunca entrar em contato, mas um cara famoso demonstrando consideração era no mínimo intrigante.

Em seguida, foi ele que depositou um beijo em seus lábios antes de estender um braço para auxiliá-la a descer os degraus, como um cavalheiro.

Com um último aceno e muita determinação, ela se virou e foi embora de uma vez, todavia seu coração não desacelerou até ela saber que estava fora de vista. Deambulando ao redor dos trailers, ela mandou uma mensagem para Olivia e manteve os dedos firmes no celular esperando que sua amiga respondesse.

Escurecia rápido e o público em volta dos palcos se tornava sombras iluminadas por um arco-íris de feixes de luzes a laser. Dentro de uma hora, a voz no palco oeste seria a que ela conheceu com intimidade, e ela começou a se questionar se iria assistir ao show.

Mas ela não se questionou sobre o seu futuro.

Era a última vez que ela tinha sentido falta e sofrido por seu noivo infiel. Um relacionamento melhor estava à sua espera, em algum lugar, algum dia. Foi necessário um Jack Russell Terrier e um músico de uma banda *screamo* para que ela abrisse os olhos.

# CAPÍTULO 3

**CINCO MINUTOS DEPOIS:**
O celular dela tocou, vibrando em sua mão, e ela
virou para olhar a tela iluminada.

**510-214-2480**
*Vai ficar e assistir ao show?*
**21:26**

*Talvez*
**Enviada 21:27**

**510-214-2480**
*É bom mesmo ;)*
**21:31**

*Ah, é?*
**Enviada 21:33**

Sua resposta não pareceu interessante o bastante para que fosse respondida. Ou, provavelmente, ele estava muito ocupado com o pré-show. Ela adicionou o número dele à sua lista de contatos enquanto esperava em vão, sob o pseudônimo "RUSS".

# CAPÍTULO 4

**CINCO DIAS DEPOIS:**

**RUSS**
*Ei*
**2:12**

*Ei*
**Enviada 7:01**

# CAPÍTULO 5

**CINCO MESES DEPOIS:**

> **RUSS**
> *Ei*
> **23:35**
>
> *Ei*
> **Enviada 23:36**

Hesitante, seus dedos roçaram a tela do celular antes de digitar uma resposta de saudação. Após pressionar enviar, ela sentiu náuseas quando o cheiro de sorvete derretido assaltou os seus sentidos hipersensíveis. Alongando-se, empurrou o pote até que ele chegasse ao outro canto da mesinha de centro. Ela estava num sono pesado quando foi acordada pela mensagem. Ainda estava vestida, no sofá, em frente à tela da televisão que tremeluzia.

> **RUSS**
> *Como vc tá?*
> **Enviada 23:36**

Como ela estava? Não muito bem, mas ele era a última pessoa que precisava saber.

> *Bem, e você?*
> **Enviada 23:37**
>
> **RUSS**
> *Ok*
> **23:39**
>
> **RUSS**
> *vc tá de vermelho?*
> **23:45**

Essa cantada, agora, nesse exato momento, era hilária, e ela olhou para baixo encarando sua blusa preta amassada que caía solta cobrindo todo o peso que ela ganhou ultimamente. Ele estava se referindo à lingerie vermelha, o que também era uma surpresa. Agora, com os quilos a mais, ela escapava para fora do sutiã. Infelizmente, ela também transbordava por todos os lados. Incapaz de suportar suas cantadas, ela brincou, esperando que ele desse o fora, lançando mão do fato de que havia se passado muito tempo desde que trocaram mensagens.

*Quem é você?*
**Enviada 23:53**

**RUSS**
*Jack*
**Enviada 23:53**

*Qual Jack?*
**Enviada 23:55**

**RUSS**
*Ceeerto*
**23:56**

;)
**Enviada 23:57**

**RUSS**
*Então, o que você está vestindo?*
**23:58**

Era óbvio que sua cantada inicial não tinha sido dissuadida, e a mente dela se lembrou com prazer do quão sedutor ele conseguia ser. Enquanto ela estava ponderando sobre essa situação bizarra, seu celular zuniu e piscou com mais uma mensagem.

33

**RUSS**
*vc não precisa estar vestida ;)*
**23:59**

*R.S.*
**Enviado 23:59**

**RUSS**
*Nada de risos! Foto, POR FAVOR*
**00:00**

**RUSS**
*tô esperando ;)*
**00:01**

*Vai ficar esperando pra sempre*
**Enviada 00:01**

**RUSS**
*Qual é, você precisa me dar alguma coisa...*
**00:02**

Jack não era amador em mensagens sedutoras. Erguendo o corpo para se sentar, ela pegou o controle remoto entre almofadas para silenciar o comercial barulhento, depois dedilhou as teclas.

> *Eu não faço sexo por mensagem*
> **Enviada 00:05**
>
> **RUSS**
> *Mentira*
> **Enviada 00:05**

Ele tinha razão. Ela faria, por ele, se no momento ela não fosse uma vaca.

> *Como você sabe? Já fizemos sexo por mensagem, ou já conversamos por mensagens?*
> **Enviada 00:09**

Fazendo uma careta para a tela, ela apagou as duas últimas e curtas mensagens que ele deixou no ar, e, apreensiva, descansou o telefone no seu abdômen rechonchudo. Antes que ela pudesse desligar a TV e ir para a cama, o celular voltou à vida novamente, dessa vez com um toque.

Cinco meses atrás, após a melhor hora da sua vida, ela foi direto para o seu pequeno apartamento, ouviu o álbum que ele lhe havia dado e acabou

colocando uma das músicas dele para tocar quando ele ligasse.

Nunca tinha ouvido tocar até agora.

Ela aceitou a chamada, um pouco nervosa, e o cumprimentou como eles sempre faziam. "Ei!"

A voz que aparecia em muitos dos seus sonhos, durante o dia e durante a noite, respondeu, "Ei!" Como ela se lembrava, era agradável, rouca e doce. "Ligar conta?"

Sorrindo para o celular, ela descansou a cabeça no encosto do sofá. Deixou suas pálpebras fechadas e resgatou o rosto dele do fundo do seu arquivo de memórias. "Conta. Equivale a pelo menos dez mensagens."

"Só dez? Pensei que equivalia a no mínimo vinte." O humor na voz dele fez seu interior se agitar.

"Quinze", ela afirmou com os lábios alegres.

"Tá bom, quinze", ele concordou do outro lado. Alguns segundos de silêncio se seguiram, e, então, suas próximas palavras foram surpreendentes. "Venha me visitar."

Ela abriu os olhos na mesma hora e encarou, sem realmente enxergar, as hélices do ventilador de teto com insetos empoeirados. Há alguns meses ela tem ficado constantemente cansada e deixou de lado a limpeza. "Onde você está?"

"LA. A próxima parte da turnê é daqui a dois meses."

Ela estava errada em pensar que ele a convidava por estar nas proximidades ou em turnê e soltou a respiração aliviada e, ao mesmo tempo, decepcionada. "Quando?"

"Agora. Amanhã. Qualquer dia."

Ela ria de nervosismo, incredulidade e arrependimento. Seu coração foi preenchido por muitas emoções indeterminadas e indescritíveis. Quando ela não aceitou de primeira, ele insistiu: "Vem, vou te mostrar as atrações turísticas."

A única atração que ela queria ver era ele, mas, com certeza, ela era a última atração que ele queria ver; ele apenas não sabia disso. "Parece ótimo, sério. Mas tenho que trabalhar…"

Jack não foi dissuadido com facilidade. "Você pode faltar por doença, certo? Férias?"

"Na verdade, não." Era uma leve mentira. As duas preciosas semanas de férias seriam usadas daqui a alguns meses.

"Diga que está doente. Ou fala pro seu chefe que um cara em LA vai jogar uma TV de cima de uma varanda, colocando turistas inocentes em perigo, se você não vier vê-lo. Faça qualquer coisa, mas venha."

A imagem histórica do baterista do Zeppelin jogando uma televisão pela janela de uma suíte fez com que ela gargalhasse, ela até chegou a pensar se Jack estava hospedado no fatídico hotel. Todavia, a realidade levou embora qualquer traço de diversão.

"Eu não receberia salário." Isso era verdade, já as faltas por doença, que ela raramente usou nos últimos anos, foram uma necessidade nos meses anteriores.

"Deixa que eu me preocupo com isso."

"Não posso." Se ele estivesse se oferecendo para pagar pelas suas faltas, assim como pela viagem, a oferta era generosa. Ela era orgulhosa, mas o verdadeiro motivo que a impedia de aceitar era um pouco mais profundo. Um motivo que ela não podia revelar.

A falta de explicação e as desculpas vagas criou um abismo de silêncio, e logo ele perguntou com a voz baixa: "Não pode, ou não viria?"

Ela queria isso mais que tudo na vida, mas tinha sofrido a interferência do destino bem antes dessa ligação. A Marissa na cabeça dele não era a mesma Marissa com quem ele conversava. "Não posso. Você sabe que eu... quero." Com um pouco de humor, ela trocou o "iria" por "quero".

"Você é casada?" A pergunta direta foi mais uma forma de ele tentar verificar o motivo da negação.

"O quê? Não!"

"Então venha. Não vejo problema. Mesmo se você estiver saindo com alguém, deveria ter um passe livre." Ele tinha voltado a brincar, e ela foi pega desprevenida quando ele confessou baixinho: "Quando nos beijamos... você foi a primeira pessoa que eu beijei em muito tempo..."

"Isso é difícil de acreditar." Sua resposta foi honesta e, de certa forma, calma, enquanto o seu coração havia acelerado. Um cara como ele fazia sexo todas as noites. Não tinha como ela acreditar se ele estivesse tentando convencê-la do contrário.

"Não muito". ele continuou e esclareceu, "não estou dizendo que não tive companhia. Estou dizendo que não beijo qualquer uma. Ao menos não beijava, até você. Beijo e sexo não são a mesma coisa..."

Nisso ele tinha razão. Ela e Kel haviam parado de se beijar meses antes de terminarem. O sexo tinha se tornado rapidinhas sem paixão que raramente envolviam beijos...

"Não sei por que eu queria tanto te beijar. Mas, Mariss, aquele beijo e tudo o que aconteceu foi… foi algo em que eu sempre me pego pensando."

Era algo em que ela pensava todos os dias e sonhava todas as noites.

Ela não podia acreditar que a conversa tinha chegado a esse nível. Por que, após tantos meses de indiferença, ele iria admitir essas coisas? Isso mudava o que ela estava escondendo? Ela desceu o olhar para o peso que ganhou desde o dia em que o conheceu. Ele não aceitaria, ela tinha certeza disso.

"Eu quero ir. Quero, de verdade. Mas eu…" Ela interrompeu a fala, tentando colocar seus sentimentos em palavras.

"Mas?", ele perguntou com cuidado após uma longa pausa. Suas próximas palavras foram nitidamente mais frias. "Já que você não pode, ou não quer me falar qual é o problema, tenha uma boa vida, Mariss."

"Espere…" Mas sua súplica fora em vão. Ouvi-lo dizer a abreviação do seu nome, um apelido que surgiu nas curtas duas horas em que esteve com ele, meses atrás, liberou uma enxurrada de lágrimas.

# CAPÍTULO 6

**CINCO ANOS DEPOIS:**

> *Jack? Por favor, me ligue quando puder.*
> **Enviado 11:32**
>
> *Ei, se esse número ainda for do Jack, por favor, me ligue, é muito importante. Se não for, responda por mensagem. Me avise? Obrigada, aqui é a Marissa.*
> **Enviado 12:21**

**Bip: Bip: Bip: Bip: Bip**
*"Ah, otários da caixa de voz. Tentem de novo"...*
**BIIIP**

"Oi, Jack, é a Marissa, você pode me ligar assim que estiver disponível? É importante."

Ela manipulava com uma espátula o bife que estava dourando em uma frigideira e olhava atenta pela janela, contemplando qual seria seu próximo passo inevitável. Teria que acontecer. Não tinha como deixar passar. O pavor subia por sua garganta, como se fosse bile, sempre que ela pensava sobre isso. Ela escoou a carne cozida antes de colocá-la no molho do espaguete, em seguida, esticou o macarrão que estava na outra vasilha.

Será que esperar era a parte mais difícil?

Ela manteve o foco além das portas, no pequeno quintal, enquanto baixava o fogo do molho, e agarrou seu celular de cima do balcão. Com alguns cliques, encontrou o número e pressionou enviar.

"O quê?"

A compreensão de que uma voz de verdade havia atendido, e não uma mensagem "otários da caixa de voz", a deixou momentaneamente atordoada e em silêncio.

"Jack? É a Mar…"

"Qual Marissa?"

"Precisamos conversar." Ignorando a frieza de seu desinteresse, ela continuou e até contemplou dar um gole rápido na vodca em cima da geladeira.

"Nós trepamos uma vez. Não consigo pensar em nada sobre o que precisemos conversar."

As palavras mais frias que o inverno a fizeram parar, e ela refletiu o porquê de estar sendo tratada de forma tão hostil, bem antes de soltar a bomba. "Na verdade, foram duas vezes. E é sobre isso que precisamos conversar."

O outro lado ficou muito quieto por algumas batidas do seu coração, e ele demonstrou cautela em sua voz. "Estou ouvindo."

"Eu engravidei."

Dentre todos os possíveis cenários que ela imaginou, ouvi-lo gargalhar do outro lado da linha não tinha sido um deles. Já que ele não estava falando, ela aproveitou a oportunidade para continuar.

"E eu preciso conversar com você sobre o seu…"

"Nem comece a falar que é meu filho. Porque não existe possibilidade."

"A segunda vez, no chuveiro, nós não usamos nada." Parecia errado invocar memórias tão doces em uma conversa hostil e carregada de ódio, e ela apertou os olhos com firmeza por um segundo, permitindo se lembrar da realidade antes que ela se manchasse.

"Nós não FIZEMOS nada."

"Fizemos o suficiente." Furiosa, ela forçou a afirmação entredentes. Ele ia mesmo fingir ignorância e discutir que tirar no último segundo era uma forma eficaz de controle de natalidade?

"Não acredito em você. Eu não acredito nisso." As palavras ainda eram frias, mas a firmeza abandonou sua voz, e ela não conseguia compreender a nova emoção.

"Pode acreditar, já que estou olhando para o seu filho nesse exato momento." A toda hora, ela ficava olhando para a miniatura brincando no quintal através da espessura do vidro desenhado.

Os segundos passavam e apenas barulhos de fundo eram ouvidos: o ressoar suave de música, o soprar do vento no microfone do celular, o barulho do trânsito. Ela não sabia se era melhor imaginá-lo dentro de um

carro ou parado na porta da sua casa. E então ele falou, e as duas imagens caíram por terra.

"Não, ele não é meu. Você não está olhando para o meu filho." A negação era sólida, o que a fez imaginar se isso era no que ele queria acreditar, ou se ele realmente acreditava nisso.

Soltando seu corpo em uma cadeira, ela observou os olhos castanhos, grandes e inocentes. O cabelo escuro e espesso se agitava ao redor do seu rostinho sapeca, e ela torceu uma mecha das suas claras madeixas. "Você está enganado."

"E você está me dizendo isso só agora? Três anos depois?! Ridículo!"

"Eu NUNCA quis ter essa conversa." Ela não o corrigiu que agora faziam cinco anos, e não três. "Eu nunca quis te incomodar." Ela interrompeu a fala, não suportava a ideia de o seu filho, a melhor coisa que aconteceu em sua vida, poder ser um incômodo. "Só estou te ligando agora porque…"

"Por quê?", ele inquiriu, sem muita paciência para esperar o relógio passar, diferente de como ela tinha feito.

"Porque…"

"Dinheiro." Sua entonação era depreciativa. "Você está querendo dinheiro, não é?"

"Não!" Doeu, mesmo sabendo que ele faria essa dedução. "Não. Bem, mais ou menos. Mas é…"

"Foi o que eu pensei", replicou, enfático. A fala dele, mesmo usando palavras que machucam, ainda tinha a habilidade de provocar o seu tímpano.

"Não, NÃO é o que você pensou… pensa. Olha, seu filho…"

"Essa conversa termina aqui. Pode continuar com minha assessoria jurídica, se você quiser."

"Jack…" O som da ligação perdida ressoava em seu ouvido.

Furiosa e envergonhada, ela colocou o telefone na mesa e fechou os olhos mais uma vez, nesse momento, para conter o presságio de lágrimas. Certa vez, ela explicou "mamãe chorando" para uma criança. Essa tarefa havia servido como alerta para manter os canais lacrimais desativados inclusive ao enfrentar os momentos mais dolorosos… e existiram muitos momentos assim nos seus poucos anos de vida.

Ela ficou em pé, abriu a porta e forçou um sorriso para o pequeno que estava entretido imitando ruídos de carros. Uma grande coleção de carrinhos Hot Wheels e Matchbox estava espalhada na piscina infantil. Ajoelhando-se ao seu lado, ela pegou um carrinho aleatório e o rodou por alguns segundos, antes de brincar um pouco com as rodinhas.

"Está pronto para comer, querido?"

Quando ele assentiu, ela o recolheu dos poucos centímetros de água, enrolou uma toalha ao seu redor e o posicionou em uma cadeira. Um labrador marrom se levantou do chão do quintal e caminhou com pesar até se sentar novamente. O cachorro de estimação nunca estava a mais de dois passos do seu pequeno dono.

Abrindo as tiras de velcro, ela deslizou os pequenos aparelhos por cada uma das pernas, antes de apertá-las novamente.

"Prontinho." Ajudando-o a se levantar da cadeira, ela lhe entregou as muletas. "Vamos sair desse sol e comer um pouco de espaguete!"

"Mamãe?" Alguns minutos depois, ele a olhava com o rosto levemente manchado de molho marinara. "Cirurgia dói?"

"Não. Você estará dormindo. Aí, irá acordar e se sentir como se estivesse doente por alguns dias. Mas isso não importa, porque você vai ficar sabendo que logo vai poder jogar essas muletas fora."

"A Bally vai poder dormir comigo no hospital?"

Olhando por cima do laptop e das contas que estava pagando, ela franziu o cenho para a cachorra e, depressa, arrancou o utensílio que estava na mão do seu filho. "Tristan Jack Duplei! Não alimente a Bally com o seu garfo!"

Ela o atirou na pia e se apoiou na banqueta o suficiente para alcançar um limpo, entregando-o para ele. "A Bally ficará em casa e a tia Liv vai tomar conta dela. Porque vamos ficar longe só alguns dias, e um cachorro não ficaria feliz sem um quintal."

"Porque a Bally não pode usar o troninho."

"Porque a Bally não pode usar o troninho", ela concordou com a sua lógica. Depois, com um risco feito a caneta, assinou o primeiro cheque robusto... o pagamento inicial pelos procedimentos médicos que finalmente permitiriam que seu filho se levantasse com seus próprios pés.

# CAPÍTULO 7

"Marissa! Espera aí!"

Ela se esforçava para evitar o Clayton desde bater o cartão na chegada, em todos os intervalos, e a cada minuto da sua jornada de trabalho. Agora, apenas segundos após bater o cartão e devolvê-lo ao seu compartimento, ele a alcançou.

Alcançou-a fisicamente. Com os olhos fulminantes, ela desenroscou as mãos dele do seu braço, usando apenas a ponta dos dedos. "Como vai você?" Ela fez a pergunta com educação, incapaz de agir como uma completa vadia, mas não olhou para os atraentes olhos dele.

"Que tal uma bebida?" O convite saiu pela boca dele ao mesmo tempo em que seus olhos se perdiam na extensão da blusinha preta com monogramas que adornava os seios dela.

Fingindo não notar a direção do olhar, ela se virou enquanto recusava. "Desculpe, não dá. Preciso ir para casa ficar com meu menino."

"Mais tarde?" Pelas costas, ela ouviu o cartão sendo carimbado, e ele se apressou para acompanhar

seus passos. "Podemos nos encontrar mais tarde, como da última vez."

Procurando suas chaves dentro da bolsa, ela ficou imóvel, esperando por qualquer coisa que pudesse interrompê-lo.

"Ainda é difícil acreditar que você tem um filho." O olhar dele vagou pelo corpo dela, que passava ao menos uma hora por dia no elíptico ou em alguma outra engenhoca de atividade física. Sem dúvida, ele estava resgatando memórias íntimas e pessoais. Era estranho, mas a mesma coisa que a atraía para sair com esses caras, a fazia perder o interesse logo após conhecê-los no sentido bíblico. Nesse exato momento, ela queria simplesmente destruir os olhos vagantes.

De qualquer forma, ela sabia que o elogio bizarro poderia se tornar a distração que ela almejava. Disparando o seu sorriso mais encantador, ela irrompeu: "É por isso que eu gosto de você, Clayton. Você melhora a autoestima das garotas!" De forma intencional, ela colocou em pauta os constantes flertes que ele fazia com todas as outras mulheres do cassino. "Olhe, lá está a Gina. Ela não teve sorte com os dados o dia todo. Vá lá, faça sua mágica."

A tirada foi claramente inesperada, mas ele se recuperou depressa, ao ponto de dar uma boa olhada na saia justa que tal colega de trabalho tinha acabado de vestir após retirar o uniforme preto de trabalho. Já que a maioria das mulheres competia pela atenção do Clayton, ela não sentiu remorso quando ele desviou o rumo direto a Gina, e seguiu caminhando sozinha até o estacionamento dos funcionários.

Menos de vinte minutos depois, ela entrava na pequena casa no subúrbio, que conseguiu financiar dois anos atrás. Em poucos meses, as contas médicas começariam a chegar, ela não seria capaz de pagar a hipoteca.

Depositando sua bolsa e sacola em uma cadeira na entrada, ela permaneceu nas sombras do corredor enquanto desamarrava a leve jaqueta da cintura. A sala era no final do corredor e, como sempre, Tristan estava sentado em sua pequena poltrona reclinável, assistindo com intensidade aos seus programas preferidos. Atrás dele, Olivia estava no sofá, mexendo em seu *tablet*. O volume da televisão estava tão alto que nenhum dos dois notou que ela havia chegado, e ela protelou olhando a correspondência na estreita mesa de aparo.

Ao deixar duas contas de lado, avistou um grande envelope com alerta de urgência que estava no fundo da pilha, portando a assinatura de Olivia como a pessoa que recebeu. Era endereçada a ela, e o endereço de retorno era uma empresa jurídica da Califórnia.

Apreensiva, ela se lembrou da conversa que teve com um advogado de um escritório que representava Jack perante a lei. Ao ouvir a história, a atitude do advogado não foi melhor que o comportamento de Jack naquele dia, ao telefone. Pensar na conversa sempre a chateava, pois, infelizmente, Jack não ouviu a história inteira antes de hostilizá-la. O advogado, mesmo após ter ficado sabendo que a existência da criança não era o único problema, continuou sendo rude até o final da conversa.

"Ei!" Olivia se sentou com um sorriso de boas-vindas e aumentou a voz para falar por cima do som da TV, para que Tristan pudesse ouvir. "Adivinha quem chegou!"

"Mamãe!" Tristan se remexeu procurando suas muletas.

Enfiando o grosso envelope de volta à pilha, ela agachou e saiu correndo ao mesmo tempo, para balançá-lo e rodá-lo no ar. "Te Peguei!" Toda noite eles apostavam corrida para ver se ela conseguia alcançá-lo antes que ele pudesse posicionar as muletas para andar. Algumas vezes, ele ganhava, mas de qualquer jeito, os dois acabavam no sofá em uma disputa de cócegas.

Olivia limpou a bagunça que ele fez com a comida na mesinha de centro e voltou da cozinha com um pano para secar.

Logo após o aniversário de um ano de Tristan, ele começou a demonstrar problemas em se locomover. Quando os exames concluíram um diagnóstico médico, vários planos de longa duração foram alterados, inclusive a creche. Olivia tomou a iniciativa de mudar sua jornada de trabalho, já que Marissa não podia arcar diariamente com um cuidador, e, como seu filho precisava de atenção especial, seria complicado submetê-lo a um grupo de crianças.

Ela lhe deu mais um beijo e deixou Tristan voltar para o seu desenho. Sentindo o aroma, indagou a Olivia: "Que cheiro bom é esse? Você cozinhou?"

Olivia negou o comentário ridículo rachando de rir, e Marissa encontrou embalagens de um *delivery* chinês espalhadas por cima do fogão.

"Ganhei ótimas gorjetas esse mês." Ao manusear um prato limpo, sua amiga desdenhou o preço, que nunca era descontado do orçamento apertado de Marissa.

Olivia podia desviar o assunto o quanto quisesse, mas Marissa sabia que o salário da amiga sempre foi subsidiado por seus pais durante e após a faculdade, o que agora era bancado por um corretor bem-sucedido, com quem ela era casada.

A família de Marissa não era tão afortunada. Por um curto período, ela fez faculdade com uma bolsa escolar, o que acabou perdendo por não ter conseguido alcançar a média das notas no decorrer do terceiro semestre. Essa parte do seu passado envolvia muita festa e pouco estudo, coisa de que hoje ela se arrependia, já que estava presa em um nível de pobreza com sua renda atual.

"E…" Com esplendor, sua amiga abriu o freezer e retirou de lá a jarra do liquidificador. "… eu fiz margaritas."

"Por que todo mundo está pensando que eu preciso de um drinque hoje à noite?", Marissa pensou em voz alta. Olivia questionou o motivo de ela estar pensando assim, e ela atualizou sua *barman* com a última fofoca sobre o Clayton, enquanto observava seu copo ser preenchido até a borda com o drinque pastoso de limão.

"Você sabia onde estava se metendo!" Sorrindo, Olivia também se serviu um drinque. "Só espero que tenha valido a pena." Como de costume, sua amiga nunca perdia a oportunidade de tentar bisbilhotar qualquer detalhe sórdido.

Nada mudou com o passar dos anos. Olivia continuava controladora a respeito da vida amorosa de Marissa. E mesmo assim, tudo mudou. Olivia deixou seu lado selvagem no passado, e Marissa embarcou no dela.

Vez ou outra por mês, Tristan passava a noite com Olivia, e Marissa sairia com alguém. Sair, nesse caso, tinha outro sentido. Ela saía para ficar com

alguém, e o fazia como se estivesse à procura do Santo Graal, procurando a química especial que sentiu apenas com um homem: o pai de Tristan.

Ela nunca contou para ninguém a identidade do pai de seu filho. Nem mesmo para Olivia.

Após ser importunada por vários meses antes do nascimento de Tristan, Marissa finalmente satisfez a curiosidade de sua amiga com uma meia-verdade, deixando-a acreditar que ficou com um cara que não poderia se comprometer com uma família. Certa vez, quando o assunto veio à tona, ela até deixou Olivia divagar e concluir que o cara com quem ela passou uma noite era casado.

Já hoje, no que dizia respeito ao Clayton, Marissa tinha dado brecha. "Ele realmente não valeu a pena", ela murmurou a confissão junto a um suspiro lamentável. "Digo, não me leve a mal, o problema não foi ele. Só acho que eu não estava muito a fim."

Seu trabalho como supervisora da mesa de jogo exigia que ela ficasse em pé o dia todo, e seu joelho, de repente, sentiu a tensão. Afundando em uma baqueta no balcão, ela olhava cansada para o seu drinque.

"Rissa, eu gostaria que você me deixasse marcar um encontro entre você e o Joel, amigo do Michael." Olivia falava de seu marido, com quem era casada há dois anos, e do amigo dele, já mencionado para Marissa várias vezes. "Atraente e rico." Sua amiga se aproximou para apoiar os braços no balcão, escorregando o olhar simpático em direção ao Tristan, que estava abrindo um biscoito da sorte, com o olhar ainda colado à televisão. "Você precisa de dinheiro…"

O envelope na entrada voltou à sua mente. Marissa estava com medo de ler o conteúdo. Será que ela precisaria de um advogado? Teria que gastar uma quantia que ela não possuía, para obter o dinheiro necessário para o Tristan? Onde ela iria conseguir dinheiro para arcar com os gastos do seu próprio advogado? Jack continuaria fazendo-a se sentir como uma vadia manipuladora, que desde o início planejou tudo?

Não seria mais fácil abandonar esse plano de conseguir dinheiro através do pai de Tristan e arrumar outro pai para ele? Será que ela conseguiria abrir mão dessa fantasia de encontrar outra conexão espiritual e química?

Será que os detalhes da pele do Jack contra a dela, suas mãos, sua boca e tudo relacionado a ele iria acabar se desvanecendo em uma mera e carinhosa lembrança?

"Você disse que tinha uma foto?" Sentiu a voz fraca e engoliu um pouco do drinque encorajador, enquanto Olivia voou até o sofá e voltou correndo, agarrada ao seu celular.

Após deslizar o dedo algumas vezes em cima da tela, Olivia deslizou o aparelho pelo balcão até Marissa. Visando protelar alguns segundos, Marissa, ao contrário, estendeu a mão para pegar um canudo no pote colorido que Tristan implorou que ela comprasse durante um passeio a uma loja de um dólar.

Levantando o celular, ela analisou o rosto que apresentava uma beleza acima da média, e, como a foto foi tirada perto de uma piscina, também avistou um corpo sem camisa e em extrema boa forma. Observando sua reação com intensidade, Olivia deixou passar alguns segundos, até não aguentar mais. "E aí?"

"Você tem razão. Ele é atraente. Mas preciso pensar. E não posso sair com ninguém até passar a cirurgia do Tristan."

De forma inconsciente, as duas fitaram o calendário na geladeira, com uma grande marcação em uma data, exatamente daqui a uma semana.

"Ah! O correio! Você recebeu uma entrega registrada!" Surpreendentemente, Olivia abandonou o assunto sobre Marissa se encontrar com Joel, para informar sobre o envelope que ela não sabia que já tinha sido visto. E então, ela foi além, buscando-o e murmurando sobre o endereço de retorno ser de um advogado.

Uma vez no passado, sob a influência de álcool, Olivia perguntou por que Marissa não envolvia o pai do seu filho nos problemas pertinentes a ele. Após explicar o mínimo que podia, Marissa começou a atualizar a amiga aos poucos. Até o momento, Olivia apenas tinha conhecimento de que Marissa havia apelado a tal homem através de um advogado.

Após drenar sua bebida, Marissa sentiu a coragem necessária para abrir a embalagem da correspondência. Olivia se ocupou em preencher os copos mais uma vez, e, após devolver a jarra no congelador, se encostou despreocupada na geladeira.

Os olhos de Marissa escanearam o elegante cabeçalho, que precedia a carta, antes de começar a lê-la em silêncio:

"Srta. Marissa Duplei,

De acordo com o que fora conversado pelo telefone na data" *blá, blá, blá*; nesse lugar ela começou a ler por cima; "após muita reflexão, por parte do Sr. J. L. Storm, encontra-se anexado o que ele considera ser uma quantia apropriada até o resultado do teste de paternidade", *blá, blá*. "Ao descontar o cheque em anexo, você estará aceitando dar entrada a um processo de paternidade legal, visando obter o resultado o mais rápido possível", *blá*. "O teste de paternidade será conduzido em um dos seguintes estabelecimentos", *blá, blá*. "Se o resultado do teste for negativo, você abandonará a reivindicação sobre Jack Storm ser o pai biológico do seu filho, Tristan Jack Duplei. Se o teste comprovar a paternidade, você estará de acordo em assinar um contrato de confidencialidade, e como adicional à quantia já oferecida, um novo acordo financeiro será estipulado, assim como ficará em aberto um acordo sobre a guarda."

Acordo sobre a guarda?

# CAPÍTULO 8

Acordo sobre a guarda! Uma pulsação começou a ressoar alto em seu ouvido, e a repentina leveza em seu coração não tinha nada a ver com o álcool ingerido.

"Rissa? Você está bem?" Olivia se curvou para recuperar os papéis que haviam rodopiado até o chão e praguejou, apesar de elas evitarem xingar perto de Tristan. "Merda! Isso é, isso é..."

Recuperando os sentidos, Marissa arrancou o papel da mão da sua amiga. Protetora, ela dobrou o nome do Jack para tirá-lo de vista, mas se o xingamento fosse uma indicação, parecia que seu segredo havia sido descoberto.

Todavia, foi o pequeno invólucro que fez com que Olivia ficasse boquiaberta... o cheque mencionado. Marissa quase desmaiou em choque.

O valor era generoso além da crença. Como foi explicado em jargão jurídico, o dinheiro era dela, independente do resultado do teste de paternidade. Felizmente, fora assinado em nome da empresa jurídica, e não havia nenhuma assinatura do Jack Storm, expondo

o segredo que logo Marissa seria obrigada a manter legalmente.

O dinheiro era o suficiente para pagar pelos médicos, cirurgia, internação no hospital, e ainda permitiria um acompanhamento de fisioterapia de ponta. Mesmo assim, se ela o descontasse, seria obrigada a seguir adiante com um processo de guarda quando o teste de paternidade provasse que Jack era o pai de Tristan?

"Rissa, isso é magnífico!"

*Era?* Parecia mais uma maldição disfarçada de benção.

Olivia estava dançando ao redor e resmungou porque queria um drinque para comemorar. Responsável, ela estava se preparando para dirigir para casa, então colocou seu copo dentro da pia, o passou na água e se virou. Uma mão posicionada com determinação no seu quadril. "Já passou da hora de você contar o babado sobre o Russ."

"O quê?"

A interrogação de Marissa não era por não ter entendido a gíria. Olivia sempre utilizava "babado" para se referir a detalhes e "arrasou" para quando algo era benfeito, entre outras expressões que garantiam sua popularidade com o público jovem que frequentava o cassino.

"Desista, Rissa. Ele é o, você sabe." Baixando a voz em um sussurro, Olivia completou: "Doador de esperma?"

"Você leu minhas mensagens?" Não existia alternativa de alguém ter ciência daquele nome já que ela não o havia mencionado.

"É claro que você não vai se sentir ofendida após todo esse tempo!"

Marissa continuou encarando sua amiga.

"Tá bom, sim! Muito tempo atrás, eu li suas mensagens. Você estava cochilando na minha casa e recebeu uma mensagem muito tarde. Eu ainda estava acordada e olhei, só porque poderia ser alguma alteração no calendário. Dizia 'Oi'." Liv mexia as mãos. "Grande coisa."

Marissa tinha memorizado aquelas mensagens por tê-las lido inúmeras vezes nos últimos anos, e isso fez com que ela respirasse com mais facilidade. Contudo, o alívio que ela sentiu por pensar que a amiga havia parado de bisbilhotar antes da próxima troca de mensagens, meses depois, durou pouco tempo.

"E você se fechou sobre o, é, doador de esperma. Um dia você estava cochilando, e fiquei te observando toda enorme e grávida, e não consegui me conter. Verifiquei suas mensagens e ligações referentes ao mês que teria ocorrido e vi que você e Rus tinham trocado mensagens, ele parecia bem íntimo."

"Liv!" A invasão de privacidade era apavorante só por causa da situação. Não era como se elas nunca tivessem espiado o celular uma da outra, por um motivo qualquer.

"Sinto muito, de verdade!" Inquieta, sua amiga levantou as duas mãos ao mesmo tempo, ajeitando mechas soltas de cabelo louro por trás da sua orelha. Por fim, levantando os olhos para a Marissa, ela choramingou: "Sou sua melhor amiga. Por que você não me conta quem ele é?"

Desviando os olhos para longe do olhar que, de repente, fez com que ela se sentisse culpada por manter

tal segredo, Marissa perguntou baixinho: "Por que o Russ? Por que você acha que é ele?"

Continuando a encará-la, Olivia retorquiu com seriedade: "Porque você sempre me conta sobre todos os caras. E nunca, nem uma vez, mencionou Russ."

*Ou Jack.* A mente de Marissa retorquiu em silêncio.

*Qual Jack?* A mensagem se repetia em seus pensamentos, mas por algum motivo, as mensagens que citavam "Jack" na conversa com Russ passaram despercebidas pela cabeça de Olivia. Talvez, sua amiga estivesse lendo por cima, e não percebeu a mensagem crucial. Certamente não soava como se Liv tivesse notado as datas das mensagens, já que o fatídico mês só continha duas mensagens do Russ, sendo que as mais íntimas apareceram meses depois. Cinco meses depois, para ser mais exata.

Da sala, as risadas agudas de Tristan, emitidas enquanto assistia a um de seus desenhos, era a única coisa que quebrava o longo silêncio.

Dando a volta no balcão, Marissa colocou seu copo na pia e ficou olhando para ele. Sem se virar, ela disse, "Liv, se eu te contar, você precisa prometer que nunca irá falar com nenhuma alma viva. Nem mesmo Michael."

"Tudo bem." A resposta foi imediata e indicava respeito.

"Estou falando sério. Estou prestes a ter que assinar um contrato no qual juro manter silêncio." Ao se virar, ela viu que os olhos de sua amiga haviam ficado levemente arredondados frente à seriedade da sua entonação e de suas palavras.

"Tá bom, eu prometo."

"O dia que fomos ao *Hang Fest*, o cachorro que eu te contei que tinha encontrado…" Cutucando uma unha que precisava ser cuidada antes que recebesse uma advertência do seu emprego, Marissa considerou uma última vez se seria inteligente revelar. "O cachorro pertencia ao Russ, que você viu no celular."

"E então, quem é Russ?", Olivia incitou quando Marissa não continuou de imediato.

"Ele era um dos músicos daquele dia. Eu tenho certeza que ele é o… do Tristan… que é ele", Marissa gaguejou nervosa, e, da mesma forma que Olivia fez minutos atrás, evitou a palavra pai. Com cautela, ela deu uma espiada na sala, onde Tristan montava uma pista da Hot Wheels. "Mas isso é tudo o que eu posso te dizer agora."

A noite tinha se tornado estressante o suficiente sem precisar adicionar mais nada à corrente de eventos, e ela acabou interrompendo sua tentativa de confissão quando imaginou a típica reação exagerada de Olivia.

Os olhos de Marissa se fixaram nos cílios falsos da sua melhor amiga, implorando que ela entendesse. "A carta que veio com o cheque estipula um teste de paternidade. Vou te contar tudo logo, logo. E desculpe-me por não ter feito isso antes. Não sei o que eu teria feito, ou faria, sem você. Entre todas as pessoas, você merece a verdade."

Assentindo em aceitação, Olivia andou pelo cômodo, juntando seus pertences e se preparando para ir embora. Ela se abaixou para abraçar, dar um beijo, e se despedir de Tristan, depois virou-se para Marissa.

Mesmo do outro lado do cômodo, Marissa conseguia sentir a cabeça da sua amiga girando como a

roda do hamster que prendeu a atenção de Tristan em um dos seus desenhos.

Desacelerava, parava, ia à velocidade máxima e repetia tudo de novo.

As sobrancelhas de Olivia se enrugaram. "Ele era integrante de uma banda? Ou estava com uma banda?"

Era previsível que Olivia faria essa pergunta, mas o motivo de ela ter feito mudou com o passar dos anos. Cinco anos atrás, Olivia teria perguntado visando determinar o status da transa. Essa noite, era para auxiliá-la em sua pesquisa do Google mais tarde. Marissa quase sorriu, mas se sentiu culpada em pensar que Olivia perderia o resto da noite tentando cruzar referências entre "Russ" e as bandas que se apresentaram naquele ano fatídico.

Diminuindo o espaço entre elas, ela abraçou sua amiga, com muito mais firmeza do que o típico abraço de oi e tchau entre garotas. "Obrigada por tudo."

A carta e o cheque pesavam em sua consciência, e ela sabia que mais tarde sucumbiria a uma crise de choro no chuveiro, abafando o som das pequenas orelhas.

"Mamãe? Você comeu seu biscoito da sorte? Você pode, se quiser."

Enquanto Tristan falava, Olivia acenou se despedindo pela última vez e saiu pela porta.

"Não. Você quer?"

Animado, ele assentiu confirmando e completou: "Mas você pode ficar com o recado da sorte."

"Legal! Eu preciso de uma boa sorte." Ah, como ela precisava de duas definições diferentes para sorte.

Após comer o biscoito, eles foram para o quarto extra, que com o passar dos anos, se tornou uma miniacademia.

Seguindo uma série de exercícios de alongamento, Tristan começou pela bicicleta adaptada para seu tamanho, e ela se encostou ao banco de levantamento de peso. O ritual de exercícios físicos era algo que eles faziam juntos. O principal motivo de ela participar era para estimular seu filho, que devido às circunstâncias, era forçado a fazer isso em todos os dias da sua vida. Todavia, os resultados que ela via no espelho também a estimulavam a continuar.

Ela nunca teria certeza se a busca em manter um corpo magro e torneado era um resultado da garota adolescente acima do peso, que ficava sentava em casa sem companhia durante os primeiros bailes constrangedores da escola; ou se derivavam da "Mariss", com vinte e poucos anos, que em segredo mantinha expectativas de um dia fazer parte de uma família com Jack Storm.

O distúrbio alimentar da adolescência voltou com força cinco anos atrás, e ela sabia que o estresse era a raiz do problema. Os únicos momentos em que ela não sofreu com seu peso foi quando ela estava feliz com sua vida.

Tristan manteve um bate-papo estável, e ela sorriu enquanto ouvia as novidades do dia. A tia Liv comprou para ele um novo aplicativo de livros para o *tablet* que lhe deu no Natal. O serviço de entrega da comida chinesa demorou quase uma hora. Um dos seus programas preferidos foi gravado duas vezes. Bally comeu brócolis. De forma agradável, sua voz minúscula preenchia o quarto, e, como sempre, foi o ponto alto da sua noite.

O barulho de um *riff* eletrônico, batidas de bateria e um profundo som gutural interrompeu o ruído

tranquilizador emitido pelos empurrões involuntários de suas pernas e substituiu o discurso do Tristan.

"Isso é o seu celular?" Olhos arredondados acompanhavam sua inquisição, e as pernas curtas pararam de pedalar.

O número de Jack foi repassado, junto ao restante dos seus contatos, de um aparelho celular para outro com o passar dos anos. Era compreensível que ela nunca o houvesse deletado. O que poderia ser considerado estranho era, após o ritual de atualização dos celulares, ela fuçar nos arquivos de som e corresponder a mesma música ao número dele.

Inclinando-se para o lado, ela pegou o celular do chão e verificou a identidade da ligação. Entorpecida, começou a tremer enquanto "RUSS" brilhava na tela.

"Vai parar! Atende!" O grito frenético do Tristan fez com que sua atenção se voltasse para a versão miniatura do rosto que assombrava seus sonhos, e da voz que agora estava a um clique de distância.

Ela levantou o polegar e pressionou.

# CAPÍTULO 9

Um rápido clique redirecionou a chamada para a caixa de voz.

"Mamãe, por que você fez isso?"

Vagamente, ela levou o olhar do celular até o rosto decepcionado de Tristan, e imaginou se, de alguma forma inconsciente, ele sentiu uma conexão com a pessoa que ligava, com o seu pai. Até a Bally, que estava deitada, tinha se sentado em cima do quadril, julgando-a com uma orelha levantada.

"Eu não queria conversar." Enquanto defendia sua atitude para seu filho de quatro anos de idade, ela ouvia o toque da caixa de voz, e acabou tão decepcionada quanto Tristan ao perceber que não havia mensagem. A verdade era que ela estava aterrorizada pela cláusula formalmente redigida na carta sobre a custódia.

"Você deveria ter atendido." Os pés minúsculos recomeçaram a lenta rotação dos pedais da bicicleta.

"Por quê?" Mais uma vez, ela estava curiosa, sentindo certa insistência em sua reprovação.

Sua mãe encarava esse tipo de conversa que ela tinha com seu filho como uma falta de respeito frente ao papel de Marissa como mãe, acreditando que as coisas deviam ser ditas, e não explicadas, para uma criança. Ela não entendia que Tristan era extremamente maduro para sua idade, e, dessa forma, possuía capacidade de refletir sobre as coisas.

"Para ver quem era", ele pronunciou a afirmação como se ela fosse burra. Tudo bem, talvez, algumas vezes, ela fosse muito frouxa no que condizia a afirmar sua autoridade…

"Por que você quer saber quem era?"

"Porque eu gostei da música."

Seus músculos relaxaram um pouco com essa resposta, e ela foi até o elíptico. "Você gostou, é?" Talvez ele gostasse por ela ter explodido sua casa de tanto ouvi-la durante a gravidez. "Bem, quem sabe eu não consiga achar algumas músicas tipo aquela para você ouvir." Concentrada, Marissa tentou lembrar se as letras de todas as músicas do Jackal eram picantes, ou se existia uma única música inofensiva para os ouvidos do filho do vocalista.

A semana passou muito depressa. Olivia decidiu acomodar Bally em sua própria casa em vez de dirigir, ida e volta, para tomar conta da cachorra. Marissa comprou alguns pijamas novos para Tristan, já que os que ele normalmente usava estavam envelhecidos ou curtos. Ela arrumou e encheu as malas que tinham sido adquiridas há anos, como presente de formatura da escola. Um elegante e confortável terninho estava pendurado na porta do seu armário, para usar no dia da cirurgia.

No dia anterior ao que eles teriam que ir para o hospital, ela ficou dentro do carro no estacionamento do banco por dez minutos, antes de decidir desligar a ignição. A caminhada do carro até a porta foi tão cansativa como se ela tivesse subido um morro, e o vidro parecia pesado ao empurrar para abrir. Direcionou-se à janela de um caixa e descontou o cheque do Jack, selando o seu destino e o de Tristan de alguma forma que seria determinada em breve.

Na manhã seguinte, Olivia os levou até o hospital e ficou com a Marissa ao redor de uma cama muito grande para o pequeno menino deitado nela. Ambas estremeceram quando o sangue foi retirado, mas Tristan só franziu o rosto e, após a picada inicial, observou com atenção a seringa ficando vermelha. Ela começou a pensar no teste de paternidade, que ainda seria agendado, e ponderou se após a alta do hospital ele teria que encarar agulhas novamente.

"Oi, vovó!", Tristan cantarolou, olhando além do flebotomista que estava recolhendo os frascos de sangue.

Ao se virar, Marissa encontrou sua mãe e se moveu para lhe dar um abraço depois que ela terminasse de abraçar seu neto. Seus pais estavam divorciados desde sua infância, e, geralmente, era tenso estar com os dois no mesmo ambiente. De qualquer forma, eles estavam demonstrando apoio. Seu pai apareceu minutos após Tristan ter sido levado por uma maca até o centro cirúrgico.

Todos foram seduzidos pelo café e pelo conforto dos sofás no final do corredor, mas Marissa permaneceu no quarto, tirando um tigre de pelúcia das malas do Tristan. "Tiggy" era a pelúcia preferida do Tristan, e

tinha o privilégio de dormir em sua cama junto à Bally. Tiggy ainda estava em suas mãos quando Olivia voltou menos de um minuto depois.

"Quer alguma coisa pra comer com o café, Rissa?" Quando Marissa meneou a cabeça e se moveu até a janela, sua amiga insistiu: "Você vai descer até a área de espera?"

"Como é feito um teste de paternidade?" Ignorando a pergunta, Marissa respondeu com outra.

Os olhos de Olivia, que normalmente eram azul-claros, foram escurecidos pela preocupação. "Não pense nisso agora, tá legal? Você já tem muito com o que se preocupar…"

"É por exame de sangue?", Marissa insistiu, agarrando a fera de pelúcia.

"Não, tenho certeza que é um teste com cotonete." Olivia afirmou com carinho, passando segurança e analisando o tigre em seus braços.

"Ah." Aliviada, Marissa colocou o felino na janela com precisão e respondeu à pergunta inicial. "Não, não consigo comer agora."

Com relutância, Marissa acompanhou Olivia até a sala de espera familiar e afundou em uma cadeira, permitindo, de forma submissa, que sua amiga misturasse seu café.

Sua família e sua melhor amiga se engajaram em uma conversa ao passo que Marissa alternava entre encarar, melancólica, o seu café e o relógio da parede, esperando por um horário específico. O cirurgião estimou que em noventa minutos Tristan teria saído da cirurgia e estaria em processo de recuperação.

Ela não percebeu que o bate-papo tinha diminuído e sido interrompido, até notar que as três cabeças apontavam para a mesma direção, os seis olhos fixados no mesmo foco.

"Só faltava essa!" Seu pai acabou de amaldiçoar entre sua respiração.

Os lábios da sua mãe formavam um perfeito "O".

Olivia assoviou e sussurrou sem mover os lábios: "Russ não é quem você pensa."

Esse cenário aconteceu em menos de poucos segundos, e comandar que seus olhos se alinhassem ao mesmo plano geométrico resultou em um caso debilitante de *déjà vu*.

Chocada e obcecada, ela observou Jack enquanto ele caminhava, se aproximando cada vez mais.

O capuz estava abaixado e o blusão caía solto e aberto por cima de uma camiseta casual. Seu cabelo negro estava penteado para trás em um rabo de cavalo, parcialmente escondido entre o capuz e sua camiseta. Usava um boné na sua cabeça que cobria a maior parte do que restava do cabelo e ocultava seu rosto. Como no dia em que se conheceram, suas pernas compridas vestiam jeans e ele usava tênis caros nos pés. Trazia um animal de pelúcia enorme pendurado em um braço.

Jack ainda não havia notado a plateia atordoada. Logo antes de alcançar o corredor que chegava à área de espera, ele parou, descansando uma das mãos no balcão da estação das enfermeiras.

O rubor no rosto da mulher era óbvio mesmo à distância, e quando ela apontou, a cabeça de Jack se virou.

Um nano segundo depois, seu olhar negro travou no dela.

# CAPÍTULO 10

"V o cê veio..." Levantando-se, Marissa atravessou a sala para encontrar Jack assim que ele chegou à ampla entrada.

Seus pais e Olivia ainda estavam muito impressionados, e Jack virou o rosto na direção deles, acenando com a cabeça em educação.

Com um singelo movimento de cabeça, ela indicou que gostaria que ele a seguisse. Devagar, ela caminhou pelo corredor, ignorando sua mãe, que se levantou da cadeira, obviamente esperando uma apresentação.

O reconhecimento estava escrito no rosto dos seus pais, não por ele ser famoso, mas por saberem quem ele era. A familiaridade com o Tristan era forte, especialmente com seu cabelo puxado para trás. Levando em conta o brinquedo que ele carregava, eles ligaram os pontos, descobrindo que ele era o pai ausente do seu neto. Olivia, que já havia sido uma *groupie*, provavelmente reconhecia o seu rosto de todas as mídias disponíveis sobre o rock que ela, um dia, já admirou.

No piso de linóleo polido, com um pé à frente do outro, o ruído da *ankle boot* combinava com o suave ressoar das solas dos seus tênis. Eles continuaram em diante, parando apenas quando estavam fechados dentro do quarto do hospital. Antes, quando Tristan foi levado com a maca, o quarto parecia amplo e vazio. Agora, com a presença de Jack, as paredes pareciam se fechar.

Com passos lentos, ele colocou o gigante bicho de pelúcia ao lado do tigre.

"Eu te liguei." Suas palavras eram firmes quando ele se virou, e seus olhos encontraram os dela, aferindo sua reação.

Como uma covarde, ela não sustentou seu olhar, ao contrário, passou a estudar o chão. "Você não deixou recado."

"Eu não tinha um recado."

Com isso ela olhou para cima, precisando ver a expressão dele, buscando ajuda nessa troca de impasses. "Então por que você ligou, se não tinha nada a dizer?"

"Tenho muito a dizer. Eu disse que não tinha um recado. Eu queria ter falado com você…"

"Sério? E sobre o que nós temos que conversar? Nós só trepamos uma vez, ou foram duas?" Da mesma forma que ele a ridicularizou na recente conversa por telefone, ela agora dava o troco, usando a mesma frase fria e dolorida.

"Je…" O vislumbre dos bichos de pelúcia na janela parece ter cortado seu rompante. Provavelmente ele estava contando até dez, porque após dez segundos exatos, seus olhos voltaram para o seu rosto. "Me desculpe por aquilo. Por ter sido um babaca quando você ligou. Mas você simplesmente jogou aquela informação pra cima de mim, do nada! O que você esperava?"

"Eu meio que esperava aquilo! Só não esperava que você fosse desligar na minha cara como se eu fosse um cobrador."

As palavras saíram de seus lábios sem que ela pensasse. Quando elas ecoaram em sua mente, ela se sentiu envergonhada ao máximo por ter utilizado aquela analogia. Ele nunca entenderia como era receber uma ligação de um cobrador após um dia estressante de trabalho, ou como eram desagradáveis as ligações que interrompiam o encantador bate-papo de Tristan durante o jantar.

"Com certeza eu não esperava que fosse ser redirecionada para seu advogado como uma estranha qualquer!"

"Você é uma estranha…"

Até agora, ela achava que a expressão "ver tudo vermelho" era uma questão de semântica. Mas nesse momento, o cômodo parecia obscurecido por sua fúria.

"Vá embora!"

"Era, eu quis dizer. Não, é. Era…", Jack tentou corrigir depressa a resposta desagradável, mas fracassou epicamente.

"Vá embora!" O grito que emanava das profundezas de sua alma soou como o exorcista quando reverberou pelas paredes.

Ela sempre foi uma pessoa forte, superando tudo o que aconteceu com ela. A sua infância nem um pouco ideal; perder a bolsa da faculdade; pegar um noivo no flagra; engravidar de um *rock star*; passar pelos problemas físicos com que seu filho nasceu; se desvalorizar e procurar repetidas vezes por algum tipo de nirvana, que

ela nem ao menos sabia da existência, até experimentá-lo com um homem com quem ela nunca poderia ficar junto, o mesmo homem que acabou de levá-la até o seu limite.

Por ser a mãe do seu filho, ela nunca se sentiu como uma estranha, mesmo quando eles tinham vidas distintas. Entretanto, aparentemente, ela era. Qualquer tipo de envolvimento entre eles, além do filho, era tudo produto da sua imaginação fantasiosa.

"Não." Com os braços cruzados em cima do peito, ele ficou imóvel, desafiando-a a repetir aquela frase.

"Por favor, vá…" Não era a intenção, mas corria o risco de seu pedido estar muito próximo da humilhação.

"Eu lhe dei uma chance de ser mais que uma estranha, e…"

"Você me deu uma chance?" Com ironia, ela repetiu as palavras autoproclamadas.

"Eu queria que você tivesse ido para LA e você não…" Ele deixou as mãos caírem em sua lateral, mas seu olhar continuou firme e com um traço de desafio.

No fundo, ela desistiu, porque a histeria sumiu e uma calma silenciosa permeava suas emoções. Imitando a pose dele de alguns minutos atrás, ela cruzou os braços e lançou para ele um sorriso presunçoso. "Você queria? Você queria muito que eu tivesse ido?"

"Muito, mesmo." A admissão dele foi quieta e humilde, e ele manteve os olhos fixos nos dela.

Ela notou um movimento no canto do olho e, sem vontade, se desvinculou de o hipnótico olhar marrom-escuro, que se mantinha aberto. Sem nenhuma surpresa, a cabeça da sua mãe espreitou antes do resto do corpo. "Marissa, querida, está tudo bem?"

"Sim, obrigada, mãe." Era uma possibilidade seus pais terem permanecido ao lado de fora da porta por tempo suficiente para ouvirem as vozes exaltadas, porém era mais provável que sua mãe estivesse à procura de uma explicação e uma apresentação. Marissa queria virar as costas intencionalmente, até que ela se retirasse. Mas, após o choque inicial e a condenação de sua atitude inconsequente que resultou em ser mãe solteira, seu pai e sua mãe deram apoio. Então, ela mantinha a paciência com a natureza intrometida de sua mãe. "Você pode nos dar mais cinco minutos?"

A porta se fechou, e em um acordo silencioso, nenhum dos dois recomeçou a conversa até ter se passado meio minuto.

"Pense no que aconteceu. Você queria muito que eu tivesse ido?", com cautela, ela repetiu a pergunta para elucidar o contexto.

"Eu pensei muito sobre isso antes de te convidar, e mais ainda após você ter recusado..." Compreensão fez com que sua mandíbula travasse, e seu olhar atônito fitou seu rosto, antes de descer até sua barriga. "Você estava grávida."

"Muito."

Com intensidade, ela analisou sua expressão. Nessa situação, a trilha havia bifurcado há cinco anos, e ela escolheu o caminho mais fácil. Seu medo em revelar a gravidez tinha sido justificado? Ele teria surtado? Ou ela estava enganada e ele realmente gostaria de ter partilhado a experiência?

Ele elevou os dedos para passá-los pelo cabelo, e uma sensação de familiaridade a atingiu. No fatídico dia

em que eles se envolveram para todo o sempre, o cabelo dele estava comprido e solto, e ele tirou do rosto várias vezes enquanto estava pairando em cima dela. Sem encontrar nenhum fio solto, deixou cair a mão e se virou para a janela. Dessa vez, ele pegou Tiggy, fitando os olhos costurados.

"Ele gosta de cachorros?"

Incapaz de acompanhar a mudança de assunto, em especial por seus sentimentos estarem um turbilhão, a palavra ecoou em sua cabeça. *Cachorros?* Até que ela entendeu. Ele estava falando sobre o brinquedo de pelúcia que ele trouxe, e ela quase sorriu. "Sim, ele gosta de cachorros. Especialmente daquele cachorro."

Agora era ele quem estava confuso, e olhou o tigre com curiosidade, como se ela estivesse se referindo a ele como um canino.

"O cachorro que você trouxe." Dando corda para a mudança na conversa, ela explicou: "É um personagem de desenho animado, 'Bandit'. Um dos desenhos preferidos dele. Você fez uma boa escolha."

"Bandit, é?" Devolvendo Tiggy ao lado do Bandit, ele concentrou sua atenção nela. Era visível que sua expressão tinha relaxado um pouco. "O que nós vamos falar para a sua família?"

"Nós?"

Olhos escuros estudaram o seu rosto, se movendo com lentidão e tanta intensidade, que ela sentiu como se fosse uma carícia física. Por fim, pararam em seus olhos. "Aparentemente eles já adivinharam…"

Sua respiração tinha desacelerado sob a apreciação íntima, e, ao mesmo tempo, ela expirava e inalava com respiração curta. "Você vai ficar?" Sentindo seu coração repleto de expectativas e percebendo a forma como ela deveria estar olhando para ele, ela esclareceu depressa, deixando claro que suas palavras se referiam ao hospital, e não para que ele ficasse em um sentido geral. "Se você não quiser esperar por aqui..."

Três batidas rápidas na porta interromperam sua fala, e, dessa vez, ela se virou, pronta para dar um corte em sua mãe. Em vez dela, entrou uma mulher alta com a vestimenta cirúrgica completa, incluindo sapatos, touca e máscara pendurada no pescoço. "Sr. e Sra. Duplei?"

"É, sou a Marissa. Duplei. Mãe do Tristan." Por alguma razão, mesmo com o sobrenome errado, o par Sr. e Sra. deixou-a nervosa a ponto de gaguejar.

"Tenho notícias sobre o estado de Tristan. Você é o pai dele?" Com o silêncio que se seguiu, a enfermeira, como outro qualquer integrante do corpo médico, parecia ter pressa e reestruturou a especulação em outras palavras. "Como eu saí direto da cirurgia e não possuo a ficha confidencial com os dados do paciente, preciso solicitar que qualquer pessoa que não seja responsável por ele se retire por um momento, por favor."

Jack olhou da enfermeira para ela, por alguns segundos carregados de tensão. Silenciada pelo conflito e confusão, a única coisa que ela poderia fazer era encará-lo de volta. Ela queria dizer para ele ficar. Todavia, outra parte dela estava curiosa para ver o que ele faria... o que ele escolheria, se ficaria e assumiria ser o pai.

Sua garganta ficou embrulhada de decepção quando ele saiu da sala em silêncio, ao mesmo tempo em que retirou um peso, deixando-a aliviada. Certeza que ele não tinha nenhum interesse em custódia.

"Sra. Duplei, a cirurgia correu bem. Entretanto, Tristan teve uma reação alérgica à anestesia."

O peso voltou com força de esmagamento total, e, sem pausa, a mulher continuou com cautela: "Ele está passando por alguns problemas respiratórios. O prognóstico é positivo, mas ele nos deu um susto no centro cirúrgico. Em vez de trazê-lo para cá, o levamos para o centro de tratamento intensivo, para que ele possa ser monitorado de perto. Gostaríamos que você fosse para a área de espera de lá." A escuridão ofuscou sua visão, fluindo com rapidez pelas extremidades e se movimentando para se encontrarem no centro. Tentando se recompor antes que desmaiasse, ela sentiu a mão da mulher em seu ombro e a escutou dizer: "Posso acompanhar você e mais uma pessoa. Deveria ser o pai dele, se ele estiver aqui."

Incapaz de falar, Marissa balançou a cabeça em compreensão. De forma automática, seu olhar varreu o quarto atrás de sua bolsa, mas ainda estava no final do corredor, esquecida devido ao choque de ter visto Jack.

A enfermeira manteve a porta aberta, e quando elas passaram por ela, Jack, que estava espalhado contra a parede com as mãos no bolso do blusão, se endireitou para prestar atenção. Educadamente, a mulher desacelerou seus passos, e, sem dizer nada, Marissa agarrou o blusão do Jack e seguiu a enfermeira depressa, arrastando-o junto.

# CAPÍTULO 11

Jack inclinou a cabeça para baixo, questionando-a, mas acompanhou seus passos em silêncio, e ela deixou o assunto morrer.

Eles estavam atravessando o corredor para longe da área de espera, e ela ponderou se os seus pais e Olivia os acompanhavam com o olhar, mas não ousou olhar para conferir. Para confirmar, seu celular vibrou dentro do seu bolso, anunciando baixinho uma mensagem. Os três entraram no elevador e, quando as portas se fecharam e o chão começou a subir, ignorou a mensagem por agora, levantando o olhar para o Jack.

Tinha mais uma pessoa no elevador, e o homem estava concentrado no jornal à sua mão. Limpando a garganta, ela deu uma explicação para o Jack. "Tristan teve uma reação alérgica à anestesia. Ele está em tratamento intensivo e é pra lá que estamos indo."

Fixando o olhar nos botões acesos e apagados dos vários andares, ela se recusou a ver a sua reação. Já que, antes, ele escolheu não ouvir as novidades, ela estava com medo que ele demonstrasse indiferença. Agarrá-lo

antes de sair da sala foi puro instinto, algo que, se tivesse parado para pensar, não teria feito.

"Lá existe uma área confortável, onde você poderá ficar mais perto até que ele acorde." Completando a explicação, a enfermeira preencheu a lacuna silenciosa.

"Posso vê-lo agora mesmo?", Marissa pediu, ao mesmo tempo em que liberava espaço suficiente para que o homem, que segurava o jornal "Herald" enrolado na mão, descesse no andar que apertou.

"Por poucos minutos." As regras da CTI foram explicadas de maneira gentil e sucinta, e quando Jack fez uma pergunta, a enfermeira repetiu o resumo completo sobre a reação alérgica.

Parecia que Jack queria dizer algo mais, mas olhou para Marissa e permaneceu quieto. Uma campainha anunciou a chegada ao destino, e eles desceram no corredor do novo andar. Mais uma vez, ela ignorou quando o telefone vibrou em seu bolso, e em menos de um minuto, estava em pé aos pés da cama do Tristan.

Sua respiração normal era ameaçada por uma hiperventilação, enquanto ela observava os tubos de ventilação, os tubos intravenosos e muitas outras parafernálias mecânicas ao redor da cama do seu menino. Mechas de cabelo escuro eram um contraste contra o branco puro do travesseiro, que era quase a metade ou maior que o seu tamanho.

Em um piscar de olhos, Marissa se deslocou ao redor da cama e colocou os dedos com cuidado na testa quente dele, para acariciar seu cabelo macio. Sua respiração estava lenta e estável, como se ele estivesse cochilando, mas o silvo que fluía do acesso do tubo oxigênio abaixo do seu nariz chiava por cima do som da sua respiração.

Inclinando-se e agachando perto dele, ela sussurrou o quanto o amava e algumas outras coisas sem sentido, para continuar falando. "Tiggy está olhando pela janela do seu quarto, e adivinha? Ele encontrou um amigo por lá. Espere para ver o novo amigo dele..."

Pelos últimos dois minutos, ela tinha se esquecido completamente de Jack. Mas, enquanto ela falava sobre Bandit, o novo bicho de pelúcia, a imagem dele sendo colocado ao lado do Tiggy na beirada da janela se repetiu em sua mente.

Virando a cabeça, ela avistou Jack congelado aos pés da cama. Aqueles olhos escuros, os quais ela poderia observar eternamente, continuaram fixos no Tristan, e o olhar desprotegido fez com que ela perdesse o fôlego. Muitas expressões de vulnerabilidade passavam pelo marrom profundo, criando um efeito que a fazia pensar naquilo que ela estava vendo.

Apenas uma coisa era certa. Reconhecimento e confirmação do seu próprio sangue.

Ao se sentir observado, deslizou o olhar até ela, e a suas defesas retornaram. Por um ou dois segundos, não havia nada que pudesse ser visto, e, logo depois, os olhos profundos e escuros foram iluminados por empatia quando deambularam pelo rosto dela.

Uma enfermeira apareceu, aferiu os sinais vitais e, com um tom de encorajamento em sua voz, contou que os números registrados estavam bons. Contudo, suas próximas palavras foram firmes. "Por que vocês não vão se sentar na área de espera? Nós avisaremos assim que ele acordar."

"Posso ficar aqui? Não vou atrapalhar...", relutante em dar um passo sequer para longe da cama, Marissa suplicou.

"Sinto muito. Não pode, querida. Você vai estar logo ali fora. Se tiver alguma alteração, qualquer uma, vamos te informar na mesma hora."

Todos os quartos circulavam um posto onde os funcionários do hospital zumbiam como abelhas ao redor da colmeia. O cirurgião de Tristan estava entre eles e, assim que a viu, entregou um prontuário para outro profissional e caminhou até ela.

Até eles. Assim que o médico lançou um olhar especulativo para o Jack após cumprimentá-la, ela corrigiu mentalmente sua colocação no singular.

Estendendo sua mão, o cirurgião se apresentou. "Olá, eu sou o Dr. Millosky. Você deve ser o pai de Tristan."

Agora, depois de ter visto Tristan, Jack deve entender o quão óbvio isso era para as pessoas. Aceitando educadamente a mão oferecida, Jack respondeu de forma simples, sem negar nem confirmar, omitindo o seu sobrenome com cuidado, enquanto se apresentava. "Prazer em conhecê-lo. Jack."

Como a enfermeira tinha dito, e agora o médico confirmava, a cirurgia correu bem. O cirurgião explicou que foi bem-sucedido no que precisava ser feito. Com o tratamento, Tristan estaria andando sem muletas em algumas semanas. O médico também explicou as circunstâncias que levaram Tristan até o centro de tratamento intensivo, sendo apenas uma precaução por ele ser muito novo.

Para sua surpresa, Jack tinha uma dúvida.

"Disseram que Marissa não pode ficar no quarto por política do hospital. Se ele estivesse em um quarto particular, ela poderia ficar com ele?"

O médico explicou que não havia quarto particular, visto a lotação do número de pacientes no CTI, mas garantiu que, exceto em caso de complicação, Tristan seria encaminhado para seu quarto regular na próxima manhã. Quando Jack assentiu compreendendo, o médico, que acompanhava Tristan há anos, piscou para ela antes de se retirar.

Enquanto ela forçava seus pés rumo à sala de espera e para longe do quarto do Tristan, Jack perguntou: "O que foi aquilo?"

"O quê?"

Surpreendentemente, ele estava fazendo cara feia. "Ele piscou pra você."

Sem avaliar direito sua entonação, que beirava o ciúme, ela não respondeu de imediato. Ao contrário, pegou o celular, com intenção de informar seus pais e Olivia que daqui a meia hora estariam loucos atrás de novidades sobre o Tristan.

"Então não me fale. Tanto faz", ele resmungou. Ele esperou até que ela se sentasse e ocupou a cadeira ao seu lado.

"O quê?"

Enquanto observava o celular, ela processou o tom da voz dele em vez das palavras que ele tinha proferido. Quinze chamadas perdidas, e a mesma quantidade de mensagens. Desviando os olhos da tela minúscula, ela fitou seu rosto e sentiu uma agitação em seu estômago quando encontrou os olhos castanhos quase esverdeados.

"O médico do Tristan? Piscando? Ele sempre faz isso. O tempo todo. Não pra mim. Pro Tristan." Seu polegar se moveu digitando uma rápida mensagem enquanto ela continuou dizendo: "Ele deve ter feito isso agora há pouco, porque meu plano de saúde não cobre quartos particulares no andar da pediatria. Mas o Dr. Millosky sabia que paguei a diferença para ter um. Após, você sabe... após eu ter recebido seu cheque."

Jack digeriu aquelas palavras e depois inquiriu discretamente sobre o dinheiro: "Foi o suficiente?"

A mão dela vibrou e, de novo, ignorou o celular. A repentina preocupação em seu questionamento era surpreendente, e ela fitou seu olhar sincero.

"Quero dizer, até agora. Pra começar", ele elaborou.

Um sentimento agradável e aconchegante infiltrou em seu coração, como o café que, mais cedo, Olivia forçou em suas mãos frias e em choque. Manter os olhos presos aos dele resultava em alguma coisa engraçada no o seu interior, e ela desviou o olhar enquanto assentia. "Sim. Obrigada."

"Sabe, eu provavelmente poderia armar o maior barraco até eles permitirem que você fique no quarto. É apenas uma vantagem do meu trabalho."

Jack era um homem que estava acostumado a ter o que queria. Com isso, sua mente parou de processar qualquer outra coisa, enquanto ela considerava com afinco o que ele ofereceu. Ele tinha razão. Tristan era o filho de um *rock star*. Isso vinha acompanhado de privilégios. Embora ela sempre houvesse condenado esse tipo de comportamento mimado de celebridades, agora conseguia relacioná-los a situações como essa. Por instinto protetor, ela teria feito qualquer coisa para ficar naquele quarto alguns minutos atrás.

Meneando a cabeça, ela replicou: "Vou pensar nisso. Mas até agora está tudo bem. Se ele... se ele piorar, eu gostaria. Ou se ele acordar e eles não me deixarem entrar."

"É só me falar. Tudo bem? Qualquer coisa que você precisar."

"Tudo bem." Sentindo a garganta obstruída, ela não conseguia desviar o olhar. Esse era o homem atencioso e cavalheiro de que ela se lembrava.

Esse foi o homem que lhe ofereceu um drinque gelado em um dia quente; que parecia envergonhado quando lhe entregou uma caneta para que ela assinasse um documento legal durante um beijo; que a abraçou e a tocou como um amante, e não como uma rapidinha na qual várias outras se aventuraram; que a beijou com gentileza antes de segurar a porta para que ela saísse de sua vida.

Esse homem, que assinou um cheque mais do que generoso para um menino, sem ter a certeza de que era seu filho; que apareceu no dia da cirurgia; que reconheceu seu filho assim que o viu.

Esse era o homem das suas lembranças, que habitava sua imaginação fantasiosa, e que agora era uma nova realidade, ali, bem ao seu lado.

# CAPÍTULO 12

Ela precisava usar o telefone, e Jack mencionou que ia descer o corredor até a entrada, para ir à lanchonete pela qual eles passaram em frente mais cedo. Olivia foi a primeira pessoa para quem ela ligou, e, surpreendentemente, após ouvir o que havia acontecido com o Tristan, ela não fez nenhuma pergunta sobre o Jack. Quando ligou para sua mãe, ela ouviu poucas e boas por ter ligado primeiro para Olivia, mas se acalmou o suficiente para crucificá-la a respeito de Jack.

"Marissa, você faz ideia do quanto nos envergonhou? Nós somos os seus pais, e você saiu andando, sem ao menos uma rápida apresentação? Se aquele homem não tivesse cara de mau elemento, eu pensaria que você sente vergonha de nós."

Apesar da seriedade das últimas duas horas, em especial a última meia hora, Marissa sentiu uma risada borbulhando em sua garganta. A atitude da sua mãe mudaria quando ela ficasse sabendo que Jack era um tipo de celebridade. Analisando as unhas francesinhas, presente da Olivia quando a ajudava com os

preparativos pré-cirúrgicos, Marissa deixou sua mãe falar até ficar sem fôlego. Quando ela acabou, Jack já tinha voltado e colocava um café, uma soda, um pacote de biscoitos tipo cracker e um de mini-*donuts* na mesinha ao seu lado. Depois, ele voltou para o seu lugar, sorvendo seu refrigerante.

Assentindo em agradecimento, ela abriu a latinha e virou a bebida gaseificada em sua garganta. "Mãe, eu tenho muita coisa na cabeça agora. Tudo o que não diz respeito ao Tristan nós podemos conversar em outro momento."

"Você age como se não gostasse de me ver aqui", sua mãe lamentou.

"Mãe, não começa com isso agora." Sentindo que estava sendo observada por Jack, ela fixou o olhar no desenho do carpete.

"Eu não tenho motivos para ficar aqui se não pudermos ver o Tristan ou fazer companhia para você hoje."

"Sua presença aqui significa tudo pra mim, mas você tem razão. Por que você não vai pra casa, descansa, e eu te ligo assim que ele for levado para o quarto?" Por mais conforto que a presença de sua mãe pudesse lhe trazer, acontecia o oposto em alguns momentos, como este.

"Desculpe-me por dizer isso, mas você não tem sido muito boa em nos manter informados."

Seu pai podia ser ouvido ao fundo, murmurando uma reprovação, e Marissa sabia que em minutos eles estariam discutindo. Quando era criança, ela fazia o papel de pacificadora, entrando no meio deles. Nos primeiros anos da sua vida adulta, ela se distanciou dos dois, mas, recentemente, nos últimos anos, ela se viu desempenhando o papel diplomático mais uma vez.

"Mãe, estou descendo para te acompanhar até o carro, está bem?"

Pressionando "Finalizar Chamada", ela se virou para o Jack. "Eu tenho que... bem, você ouviu. Você ficará aqui caso...?"

Assentindo, ele garantiu com o olhar e palavras cordiais: "Ficarei aqui. Vá fazer o que precisa. Eu não vou a lugar algum." Mesmo assim, ela hesitou, querendo conferir se ele tinha o número do seu celular, mas ela sabia que ele tinha. Talvez ela estivesse olhando para o seu celular, ou talvez tivesse lido sua mente, porque mais uma vez ele garantiu: "Vou ligar se acontecer alguma coisa. Não se preocupe. Você vai voltar daqui a quanto tempo, quinze minutos?"

Concordando, ela se virou, e seus pés se moveram o mais rápido que poderiam dentro de um hospital.

Seu pai lhe deu um abraço apertado, acompanhado por palavras de conforto, prometendo que voltaria no dia seguinte. Sua mãe tagarelou o caminho todo até o estacionamento e exigiu informações sobre quem ela tinha certeza que era o pai de Tristan. Marissa se recusou a dar qualquer informação sobre Jack, insistindo que ele era um amigo.

Liv, como a amiga verdadeira que era, esperou com paciência na recepção e devolveu a bolsa de Marissa quando a acompanhou até o quarto vazio do Tristan. Enquanto recolhia os poucos objetos que ela tinha trazido para passar um dia inteiro no hospital, Olivia contou para Marissa que Jack não era o "Russ".

Pela quadragésima vez, Marissa sentiu a culpa por ter segurado esse segredo. "Eu sei, Liv. Logo vou te contar tudo."

"Você SABIA que tinha dormido com JACK STORM?" A boca da Olivia abriu, fechou e abriu de novo, igual os peixinhos *guppies* que deu de surpresa para o Tristan quando ele tinha três anos. "Rissa, Tristan é FILHO do Jack Storm!"

Marissa queria subir correndo pelos três andares e ficar perto de Tristan o máximo que podia, mas esperou isso acabar. Olivia era sua melhor amiga e deveria ter ficado sabendo há muito tempo. Entretanto, o problema era sua inabilidade em guardar segredo. Marissa nunca teria certeza de que Olivia não contaria para alguém.

Empurrando seu celular para dentro da bolsa enquanto falava sem parar sobre o que tinha descoberto, Olivia congelou quando o nome do seu afilhado fez sentido. "Ooh. Tristan JACK." Virando a cabeça para Marissa tão rápido que fez seu cabelo balançar, ela declarou: "Hoje você está liberada. Mas, Rissa, eu juro, vou te amarrar em uma cadeira ou algo do tipo até você me contar tudinho!"

"Tá bom. Tudo bem."

"Ele foi embora?"

"Não. Está lá em cima. Eu deveria voltar para lá."

"Sim, você deveria." Olivia esboçou um sorriso exagerado. Depois, se inclinou rumo a Marissa para um abraço rápido. "Estou tão aliviada que a cirurgia correu bem, e não se preocupe, ele vai conseguir passar por isso numa boa. Me mande uma mensagem ou me ligue, qualquer um dos dois, assim que nosso garotinho acordar. Tudo bem?"

Elas andaram juntas até o elevador da recepção, onde Marissa apertou ambos os botões, para subir e para descer. As portas do elevador que subia se abriram primeiro, e antes de atravessá-las, ela abraçou Olivia mais uma vez.

Jack estava atento em seu celular com o dedo indicador tocando a tela, e mesmo com o som da televisão que estava no canto superior da sala, abafando sua aproximação, ele olhou para cima como se tivesse sentido a sua presença. De forma automática, ele se levantou. Confusa por um momento, pensando que ele estava de saída, ela permaneceu imóvel, até perceber que ele estava sendo educado, aguardando que ela se sentasse.

Deixando-se cair na cadeira que havia desocupado mais cedo, ela pegou sua Coca que estava na metade, e, enquanto tomava, observou as pessoas que ocupavam a sala. O número de famílias que aguardavam notícias de seus entes queridos, ou esperavam para fazer uma visita, atestava o que o médico do Tristan tinha mencionado acerca do número de pacientes.

"Você conseguiu resolver com sua mãe?" Seu sorriso era singelo, mas brincalhão, e ela se deu o direito de aproveitar um momento de descanso nesse dia estressante, antes de responder concordando. Usando um polegar, ele traçou a borda da capinha do celular quando indagou curioso: "Ela é sempre assim?"

"Assim como?" Marissa continuou depreciativa: "Alterando toda a situação e só pensando nela mesma? Sim."

Fitando o grande relógio na parede, ela viu que faltavam vinte minutos até o horário da próxima visita. Mexeu no seu bolso para pegar seu celular e acessou as

mensagens que tinha recebido. Embora ela já tenha conversado com Olivia, ler as mensagens enviadas mais cedo por sua amiga ocupou uns dez minutos.

Ela se sentia incomodada com o fato da simples presença de Jack fazer com que seu coração martelasse e que seus olhos seguissem todos os seus movimentos, enquanto seu filho estava deitado no final do corredor.

Após sua conversa com Olivia na outra noite, Marissa ativou um código para bloquear seu celular, e agora, quando ela digitava os números, percebeu pelo canto do olho que Jack tinha voltado sua atenção para o celular.

Como ela estava lendo as mensagens na ordem em que recebeu, as primeiras perguntavam sobre o Tristan, e, passando por estas, ela parou ao avistar o nome do Jack.

**LIV**
*ALERTA, ele não é o Russ. Aquele é o Jack Storm, ou sei lá qual o nome que ele usa hoje.*
**9:22**

Seu divertimento interno deve ter se tornado verbal, porque Jack virou a cabeça para ela e um estranho instinto familiar fez com que ela lhe mostrasse a tela. "Minha amiga, Olivia. Aquela que estava comigo quando você chegou aqui."

Ele respondeu emitindo um som pelos lábios, tão estressado e cansado como a risada dela, seguido pela pergunta: "Quem é Russ?"

# CAPÍTULO 13

Deixando a mão e o celular caírem em seu colo, ela contou a divertida história. "Você."

"Eu?"

"Seu codinome. Eu não poderia colocar…" Ela parou de repente e olhou ao redor, só para garantir que nenhuma das pessoas mais velhas que estavam na sala reconheceriam o nome dele, e continuou "eu não poderia colocar seu nome verdadeiro, poderia?"

Em vez de lhe perguntar o motivo por ter escolhido o nome Russ, sua próxima pergunta foi imprevisível. "Você nunca contou para sua melhor amiga? Sobre nós?"

Era patético, mas o coração dela se inflou ao ouvir aquela palavra.

*Nós.*

Algumas semanas atrás, pelo telefone, ele tinha declarado em alto e bom som que ela não passava de uma transa. Hoje, mais cedo, se referiu a ela como uma estranha. Agora, ela fazia parte de um 'nós'.

"Amo a Liv, mas ela é um pouco fofoqueira."

"Após você descobrir que estava gráv... depois do par..." Ele pigarreava sempre que ia falar qualquer palavra relacionada a bebê, até desistir. Embora ele estivesse aqui, com algum tipo de semiaceitação, ainda não conseguia dizê-lo. "Após todo esse tempo, você nunca contou?"

"Qual seria o sentido?"

Ele pareceu respeitar o fato de ela nunca ter aberto a boca para sua melhor amiga e família sobre o envolvimento entre eles, aí, fechou o semblante.

"Você deveria ter contado. Pra mim." As palavras eram inflexíveis e faziam menção a uma revelação completamente diferente. A afirmação deve ter ficado em banho-maria o dia todo, e agora, ele questionava não ter sido informado da gravidez anos atrás. Ela formulou uma resposta e a perdeu, tentou mais uma vez, mas seu cérebro parecia incapaz de pensar em qualquer outra coisa que não fosse Tristan naquele quarto. Talvez ele também se sentisse assim, porque completou: "Esquece. Vamos pensar no agora, por enquanto."

Aí estava, de novo. *Nós.* Mesmo de forma contraída.

"Sr. e Sra. Duplei?" UMA funcionária do hospital prendeu uma pulseira no pulso dos dois após informar que o horário de visitas logo começaria. Na pulseira laminada, estava impresso o nome e data de nascimento do Tristan, o nome do médico e outras informações. O sistema de visitas era organizado por quarto e espaço, para que apenas um integrante da família do paciente pudesse ficar dentro do quarto de cada vez.

Tristan ainda estava dormindo, e, mais uma vez, ela ficou em cima dele, agindo como mãe, enquanto Jack permanecia aos pés da cama, aparentando estar enfeitiçado por sua miniatura. Quando eles voltaram para seus assentos, Jack ofereceu procurar por algo para comer, mas ela recusou.

"Vá em frente se você quiser." Ela sabia que ele devia estar com fome, mas ele balançou a cabeça e voltou a se encostar contra a parede. Observando as sombras que começavam a se formar debaixo dos olhos dele, ela imaginou se eram originadas do estresse ou cansaço. "Quando foi que você chegou aqui? Em Biloxi?"

"Hoje de manhã." Até a sua voz soava cansada e arrastada.

"Você voou de madrugada?"

"Ontem tive reuniões o dia todo. Coisas do novo álbum. Então saí de LA tarde, às 23h37." Ele disse o horário exato do voo e fez uma careta. "E também, claro, duas horas foram perdidas para a diferença no fuso horário. Então era quase quatro horas quando dei entrada no hotel."

Mordendo a língua antes que pudesse perguntar onde ele estava hospedado, ela se espalhou, ficando mais confortável, também inclinando sua cabeça para trás.

O cassino onde ela trabalha fica nos arredores, em um dos dois hotéis de elite cinco estrelas. Era o mais próximo, a poucos quilômetros do aeroporto e do hospital. Pensando de forma lógica, havia uma grande chance de ele estar hospedado em um hotel que ela conhecia muito bem. Então, era fácil imaginá-lo na recepção aguardando um táxi ou… esticado em uma cama com um lençol borgonha nos pés… os olhos dela dispararam para ele, e ela ficou agradecida por encontrá-los fechados e não terem notado o seu rubor.

O silêncio se arrastou e ele aparentava estar cochilando. Embora ela estivesse muito tensa para fazer o mesmo, se sentiu bem ao fechar os olhos.

"Marissa?", ele murmurou seu nome com carinho, provavelmente porque ela estava dormindo.

"Humm?" Sem mover nada, a não ser os olhos, ela o fitou e o encontrou fazendo a mesma coisa.

"Conte-me sobre ele…"

Sendo pega de surpresa, ela encarou a estampa repetitiva do papel de parede. Não havia outra coisa que ela gostasse mais de fazer do que falar sobre Tristan. Ela tentava não ser uma "daquelas" mães no trabalho, ou em qualquer outro lugar, falando sobre cada detalhe de seu filho e cansando as pessoas, mas não era fácil.

Os pais dela gostavam de ouvir todas as histórias sobre últimas travessuras dele. Olivia geralmente estava presente em todas as aventuras, e os dois davam risadas juntos. Porém, nada era mais prazeroso que a ideia de contar para o pai de Tristan sobre seus traços de personalidade, habilidades, talentos e realizações.

"Ele é a melhor criança do mundo. Muito doce e inteligente. E engraçado. Ele fala as coisas mais engraçadas de propósito. Ele é tudo de bom." Deixando sua mente divagar, ela tentou lembrar-se de coisas mais específicas.

"O que ele mais gosta de fazer?"

Um sorriso apareceu em seus lábios enquanto ela resumia para o Jack os desenhos a que Tristan assistia, os livros que ele gostava e os jogos com que ele brincava. Os carros e helicópteros da Hot Wheels. O Tiggy, seu animal de estimação de brinquedo, e Bally, a de verdade. A bateria e o karaokê.

"Ele gostada de cantar?" A cabeça de Jack desencostou da parede.

Um sorriso materno orgulhoso contraiu os lábios dela. "Na verdade, ele é muito bom. Você ficaria surpreso."

"Por que eu ficaria surpreso?", Jack desafiou, com um brilho provocante iluminando suas órbitas escuras. "Você ouviu o CD que eu te dei, certo?"

Essa única frase carregava muito conteúdo implícito, fosse a intenção dele ou não. Ela implicava a ideia de que qualquer filho que ele tivesse teria nascido com música nas veias, tão vital como o sangue. Uma aceitação interna de que Tristan era seu filho.

"Ouvi mais que o CD. Até baixei outras duas." A confissão saiu com naturalidade no momento íntimo, e ela observou as sobrancelhas dele se levantarem levemente em sinal de surpresa.

Uma voz rouca e desafiadora soou em seguida. "Isso significa que você gostou do que ouviu? Marissa, que não ouve metal pesado?"

Por anos, Jack esteve relacionado ao seu mundo. Mas ela sempre se esforçou em pensar que, para ele, ela não passava de um pequeno pontinho em um radar repleto de mulheres. Ouvi-lo recitar um detalhe específico daquele fim de tarde fez com que seu coração se inflasse.

"De algumas." A tensão em seu sorriso era singela e permaneceu assim, enquanto a provocação infantil a transportava de volta no tempo. De volta a quando Jack lhe deu aquele primeiro CD do Jackal, logo após ter lhe mostrado em primeira mão que as coisas explícitas cantadas e gritadas em algumas daquelas músicas poderiam ser maravilhosas.

Ela deu graças quando Jack abandonou aquela faceta da conversa, como se tivesse acabado de se dar conta do que ela mencionou. "Bateria?" Quando ela assentiu, ele concluiu. "Você é uma boa mãe, pra tolerar uma criança de quatro anos na bateria…"

"É uma surpresa, mas ele consegue manter um ritmo."

"Lá vem você com 'surpresa', de novo", ele brincou, como se estivesse ofendido.

Soltando a respiração, ela retrucou: "Porque ele tem quatro anos!"

Ele manteve o sorriso, que foi desvanecendo gradualmente quando ele perguntou: "Você tem fotos? No seu celular?"

Animada, ela abriu a galeria de imagens, passou o aparelho para ele e observou o seu rosto enquanto ele analisava cada pixel. Facilmente, devia ter umas cem fotos no celular, e ele passou por cada uma delas. Algumas vezes ele observava devagar as que ela estava com amigos, mas apenas perguntava sobre as que apareciam o Tristan.

Parando em uma, ele sorriu ao ver Tristan usando Bally como travesseiro assistindo à TV, e pediu que ela lhe mandasse a foto por mensagem.

Emoções variadas eram canalizadas entre eles, mas ela se conteve e não fez perguntas. A possibilidade de ser pai pode tê-lo petrificado algumas semanas atrás, mas ao perceber o inevitável e ter colocado os olhos em seu filho, ele se ajustou rapidamente, surpreendendo-a. Tudo acontecia tão rápido que ela ficou aterrorizada quando a palavra com "C" surgiu em sua mente.

Custódia.

# CAPÍTULO 14

Jack passou o dia. Quando Tristan acordou, ele esperou enquanto ela o visitava, e ela não tirou nenhuma conclusão sobre a sua decisão. Parecia razoável. Tristan ficaria confuso se um estranho a acompanhasse.

Os passos dela estavam bem mais leves após ver o filho acordado, mesmo ele estando com os olhos desanimados, ao contrário de quando fazia alguma travessura e ficava com olhos alertas. Valente, ele até sorriu ao vê-la e conversou um pouco entre colheradas de gelatina. O oxigênio foi removido. Os tubos descartados estavam pendurados na cama, e ela observou, aliviada, a expansão e contração do seu pequeno peitoral vestido com a camisola do hospital. Por baixo das cobertas estava o milagre da ciência moderna. Ela tinha espiado os curativos na última visita quando Tristan dormia, e apesar de não haver mudança visível em suas pernas minúsculas, ela sabia que existia uma grande diferença. A medicação para dor fez com que ele caísse no sono logo após se alimentar, e uma enfermeira acabou tirando-a do quarto.

Jack aparentava prestar atenção em cada detalhe, até perguntou qual o sabor da gelatina e quis saber se era o preferido de Tristan.

Ela se sentiu bem com o prognóstico de seu filho e concordou, ansiosa, quando Jack ofereceu para procurar uma lanchonete e trazer algo para comer.

Enquanto o observava se afastar, prendeu o olhar no caimento do seu jeans, e, inconsciente, fechou os dedos ao redor da capinha de gel do seu celular. Quando ele desapareceu do seu campo de visão, ela encarou suas mãos e pensou no que exatamente estava acontecendo entre eles. Será que ele sentia essa aproximação, como se eles tivessem uma ligação mais íntima, que ia além de uma noite de sexo e um filho?

Dentro do seu bolso, seu celular começou a ressoar o toque dele. Todos ao redor viravam o pescoço. Alguns faziam careta de reprovação, outros sorriam se divertindo com o *riff* arrastado de guitarra e a gritaria. Pegando depressa, ela passou o dedo na tela e atendeu. "Ei, o que foi?"

Jack fez um resumo dos alimentos disponíveis, e ela achou difícil escolher quando se sentia muito envolvida com o som da sua voz.

"Beleza", foi o que ele disse quando ela acabou respondendo. E continuou: "E pra beber?"

"Chá", ela respondeu, contente por imaginar a bebida gelada com cafeína, após ter passado o dia tomando refrigerante e café quente. "Sem açúcar."

"Sem açúcar?", ele indagou na mesma hora.

"Sim, por favor, se tiver."

"Tem certeza que você é uma garota do interior?"

Sua barriga, que fazia barulhos de fome, se revirou por motivos relacionados àquela voz rouca. "Pro cê ficar sabendo, sô o mió que tá teno por essas bandas."

Era óbvia a combinação entre o estresse causado pelo Tristan com o nervosismo pela presença do Jack e o que parecia ser uma leve paquera entre eles. Ela mordeu o lábio antes que pudesse dizer outra coisa tão ridícula quanto o que acabou de falar.

A resposta dele não a decepcionou; sua voz diminuiu a entonação e o decibel. "Disso eu não duvido, Mariss."

Seu estômago se agitou mais uma vez. Mesmo sem ter certeza do que ele quis dizer com isso, ou se ele sequer quis dizer alguma coisa, seu comentário pareceu sexy e lisonjeiro.

E além do mais, fazia cinco anos desde a última vez que ele a tinha chamado de Mariss...

Dava para ouvir os barulhos da lanchonete através do silêncio que se seguiu. Ela ouviu quando ele agradeceu alguém com educação e depois voltou a falar no telefone. "Quer sobremesa? Esquece. Pergunta estúpida. Todo mundo quer sobremesa. Te vejo em um segundo." E com aquela doce promessa, ele desligou a chamada antes que ela pudesse recusar qualquer doce delicioso que ele estivesse olhando.

Ela tomou consciência de algo familiar, e alguns minutos depois, sua visão, que estava "observando as pessoas" a esmo, se voltou para o corredor. Ela apreciou a aproximação dele com a mesma fome que havia demonstrado em sua saída, um interesse que não era relacionado às embalagens de comida que ele carregava com as duas mãos.

Ela virou os olhos para a televisão no momento em que ele voltou sua atenção para ela, com a esperança de que ele não tivesse notado que ela estava babando.

Juntos, eles abriram as tampas de isopor, e antes mesmo que a fumaça saísse totalmente, ela engoliu uma garfada na lasanha. Jack destruía um hambúrguer com fritas como se não comesse há dias.

Levando um canudo aos lábios, ele sugou um gole da sua bebida e fez uma careta no meio do processo. "Se nossas bebidas não estiverem trocadas, esse é o pior chá do mundo." Era óbvio que ele preferia chá com açúcar. Em sua cabeça, ela tomou nota de mais um fato sobre ele, já que durante a conversa cheia de insinuações pelo telefone ela estava muito afobada para ter notado.

Sem parar de levar mais uma garfada à boca, ela passou para ele o copo descartável em que ainda nem tinha colocado a mão desde que fora depositado à mesa. Eles fizeram a troca. Assim que o pegou, ela sorveu, e, com um gole, pôde sentir a intimidade do ato de tomar no mesmo copo que ele. Cada pequeno detalhe que dizia respeito a ele se tornava algo maior, e determinada a não ser distraída com isso, ela colocou o pensamento de lado e mordeu um pedaço de pão de alho.

Jack comeu o restante das batatas fritas, três ou quatro de uma vez. Ele terminou de comer muito antes dela e lhe entregou um pequeno recipiente com doce de pêssego, antes de devorar e limpar outro potinho com a sua porção da mesma sobremesa. Suas papilas gustativas gritavam de prazem, e seu cérebro gritava reprovando, calculando todas as calorias de cada mordida.

Após a refeição, ela recolheu o lixo e jogou em uma lixeira a caminho do banheiro. Quando aliviou sua necessidade básica, ela ficou parada no recinto, absorvendo seu reflexo. Sua roupa destacava as curvas, e embora seu rosto estivesse marcado por preocupação e fadiga, seu cabelo estava arrumado. Imediatamente, ela se sentiu culpada por se preocupar com isso. Ela estava em um hospital, e não em uma festa.

Ao abrir a porta, avistou Jack no corredor falando ao telefone, provavelmente tinha acabado de sair do outro banheiro antes de ter recebido ou feito a ligação. Ele estava se afastando, mas dava para ouvir sua voz rouca com clareza ao dizer: "Também te amo."

Ela girou, voltou para o banheiro e, cansada, colocou as duas mãos na lateral da pia enquanto se recuperava do que tinha acabado de ouvir.

Nada que ele tenha feito hoje indica que ainda estava interessado nela, que a convidaria para ir a LA de novo ou que gostaria de ajudá-la na criação do Tristan. De forma inconsciente, essas coisas se tornaram sua fantasia nos últimos anos; se tornaram uma possibilidade nas últimas semanas e uma esperança na última hora.

Ela pegou o celular e mandou uma mensagem atrasada para Olivia, informando que Tristan havia acordado, que estava bem e que falaria com ela mais tarde. *Ou choraria no ombro da amiga.* Ela corrigiu seu pensamento quando se lembrou da voz grave do Jack pronunciando aquelas palavras perturbadoras. Palavras que significavam que um futuro com ele existia apenas em suas fantasias. Palavras que a faziam tomar conhecimento da centelha de esperança que, de alguma forma, surgiu nas últimas horas.

*Também te amo.*

Exibindo um semblante entediado, ela voltou para sua cadeira e se sentiu confusa ao extremo quando, antes de se sentar, se abaixou para limpar migalhas de pão do

assento. Discretamente, Jack admirou o volume dos seus seios.

Eles ficaram quietos, cada um com seu celular, mexendo de vez em quando na tela de vidro enquanto assistiam à televisão. Pouco tempo depois, ela notou que Jack caiu no sono.

Surgiu uma faceta *voyeurística*. Sem se envergonhar, ela analisou a superfície adormecida do seu rosto. A fadiga que ela sentia desapareceu ao passo que a respiração dele se estabilizava e seus músculos relaxavam cada vez mais afundo no estofado da cadeira.

Ela entrou em um transe que parecia familiar, ao passo que observava as sobrancelhas escuras em contraste com a testa bronzeada, e os cílios igualmente escuros perto das bochechas coradas.

Ele tinha furos na orelha, mas estavam sem adereços. O cabelo que estava preso tinha saído da parte de trás do blusão e agora caía por cima do capuz. Seus olhos observaram as roupas dele, sabendo muito bem o que elas cobriam, e voltou ao seu rosto. De novo, sentiu em seu coração uma sensação de reconhecimento e um toque de ternura, mesmo sem nunca tê-lo visto dormindo.

Foi aí que ela percebeu que ela tinha visto isso todas as noites por quatro anos e meio: a versão infantil daquelas sobrancelhas, maçãs do rosto e mandíbula. Quando ele abriu um pouquinho a boca, da mesma forma que Tristan sempre fazia dormindo, ela admirou boquiaberta. Tirando os olhos dele, ela viu o celular dele descansando no braço do assento.

Ela resistiu à tentação por dez minutos e não aguentou mais, com um olhar furtivo para os leves movimentos de suas pálpebras, virou o aparelho para que pudesse vê-lo. Conferindo mais uma vez se ele continuava dormindo, ela ativou a tela. Estava desbloqueado e ela clicou em "Recentes".

A última chamada tinha sido recebida com o nome "Mãe".

Era natural ele responder "também te amo" para sua mãe. Ela soltou a respiração aliviada, e quando estava prestes a girar o celular de volta para ele, ela viu a última mensagem. Também era para "Mãe", mas não tinha nenhum recado, apenas um anexo com o título "SD1101.jpg".

O título da imagem era conhecido, porque ela tinha mandado para ele há apenas duas horas... a foto que ele pediu do Tristan com a Bally.

A princípio, ela achou encantador ele não ter perdido tempo em mandar a foto para sua mãe, a avó de Tristan. Por algum motivo, a família do Jack nunca passou pela sua cabeça, e ela se perguntou se eles estavam curiosos a respeito do Tristan. Naquela hora, ela foi tomada por medo.

Como ela tinha sido idiota! Ela tinha uma correspondência jurídica guardada em casa indicando interesse de custódia e exibia fotos de um lindo garotinho, contava histórias fofas e se gabava de como ele era comportado e inteligente, sem a menor preocupação. Uma mãe inteligente teria espalhado que ele dava muito trabalho, que fazia birras horríveis umas cinquenta vezes por dia e talvez até teria mentido que ele estava sempre doente, com o nariz escorrendo sem parar!

Enquanto ela divagava em pensamentos, Jack começou a roncar baixinho, chamando atenção de alguns olhares e recebendo risadinhas. Mais uma vez ela

pensou em como ele deveria estar cansado, mas de qualquer jeito, ela não poderia deixar que ele se tornasse o entretenimento dos demais ocupantes da sala.

Ele era o Jack Storm.

E se surgisse um paparazzi, ou algum adolescente o reconhecesse e compartilhasse um vídeo no YouTube com o líder do Jackal roncando?

"Ei, Jack", ela sussurrou, e se lembrou de que não deveria usar o nome dele, para o caso de ter alguém que ouvia metal entre eles. "Ei, acorde…"

"Sim?" Arrumando a postura, ele sacudiu a cabeça como se estivesse sacudindo o sono para longe. "O que foi? Tristan?"

"Não. Eu, é. Bem, você estava roncando um pouco, e eu pensei… sei que você precisa dormir. Você devia ir para o hotel, dormir um pouco."

"Eu não voei até aqui para dormir o dia todo em um quarto de hotel." Calmo e com carinho, ele garantiu: "Vou ficar aqui esperando com você."

"Só estou dizendo que não tem necessidade. Sei que você está cansado."

"Como você também está. Estou errado?", de forma gentil, ele comentou com perspicácia, e estava correto. Ela não passou a noite viajando, mas com certeza não conseguiu dormir, então não negou. Com cuidado, ele continuou: "Mas se você não me quiser aqui, eu entendo. Vou embora, se minha presença estiver te estressando."

Essa era a oportunidade para se livrar dele… uma chance que garantiria que ela não confiasse cegamente nele outra vez. Ela não acreditava que ele a estava enganando para levantar informações sobre o Tristan. Ela também não pensava que ele seria desonesto ao ponto de se sentar com ela hoje, dando apoio moral, para depois, em outro momento, levar Tristan com ele para LA. Além disso, ela também não podia contar que ele ficaria profundamente apaixonado por seu filho e agiria de tal forma, como ela se sentia desde o seu nascimento.

"Obrigada por estar aqui." Quando ela abriu aboca, saíram palavras do seu coração, e não da sua cabeça. "Eu não quero que você vá."


"SR. E SRA. DUPLEI. SR. Duplei... Sra. Duplei..."

A consciência infiltrou seu sono quando ouviu seu sobrenome sendo repetido, e sentiu um travesseiro quente e sólido embaixo de suas bochechas. Registrou um peso leve descansando no topo da sua cabeça, que desapareceu quando seu travesseiro se mexeu.

Por ter sido chamado dessa maneira pelas últimas dezesseis horas, a voz de Jack, rouca por causa do sono, respondeu: "Sim? Desculpe, é, sim?"

Ela abriu os olhos e se deparou com pernas vestindo calças azuis de hospital, tênis brancos e, em algum lugar mais acima, uma voz explicou: "Tristan está acordado."

Levantando a cabeça do ombro do Jack, ela passou o dedo ao redor de um olho seco e enrugado e tirou algumas mechas de cabelo do seu rosto enquanto ficava de pé.

"Eles vão levá-lo para o quarto em trinta minutos, ele deve chegar à ala da pediatria a tempo de comer o café da manhã. Então você pode entrar lá quando estiver pronta."

Ela precisava de um banheiro com urgência, mas estava mais que pronta, e não queria pensar em Tristan acordado e sozinho.

"Ei, Marissa…" Jack se levantou quando ela estava prestes e entrar. "Eu vou pro hotel e volto daqui a algumas horas."

Apesar do seu cérebro ainda estar embriagado de sono, ela entendeu seus motivos em um momento de clareza. Assim como antes, não era o momento certo para Tristan conhecê-lo.

Assentindo, ela respondeu de forma sutil: "Claro."

"Mariss?" Ele levantou a mão e fechou os dedos quentes em volta da mão dela, ao mesmo tempo em que inclinou a cabeça.

O beijo não durou mais que dois segundos, foi um toque prolongado dos lábios, um roçar leve de conforto para um lado e para o outro e uma sucção delicada, antes de se afastar. Naquele instante, olhos escuros se fundiram aos olhos dela, com uma ligação tão intensa quanto a que tiveram anos atrás, no primeiro segundo do derradeiro encontro físico.

Ela estava tentando ser realista. Tentando não ser estúpida e pensar que eles poderiam ter um futuro. Mas ele tornava isso muito difícil.

Sem falar nada, ele partiu.

# CAPÍTULO 15

"Não credito que você está fazendo isso, Marissa."

"Fazendo o que, mãe?"

Tristan ficou acordado por tempo suficiente para comer um pouco de macarrão da bandeja do almoço e para olhar os livros de atividades que sua avó lhe trouxe, para depois cochilar, deixando-a sozinha com a sua mãe. Ele também tinha dormido após o café da manhã, e ela aproveitou e se encolheu no sofá embaixo da janela, tirando um cochilo até a chegada de sua mãe.

"Isso."

"Eu não estou fazendo nada." A mentira era sutil, e ela não olhou para os olhos de sua mãe.

"Eu estou sendo mais do que paciente, acreditando que você irá confiar em mim. Mas você não confia, não é mesmo?" Indignada, sua mãe continuou o discurso. "Você sempre tem que ser tão reservada. Como se o que acontece na sua vida fosse muito mais importante do que o restante de nós."

"Não vou falar sobre isso agora." Mantendo a voz baixa, caso o pequeno menino na cama não estivesse em sono profundo, ela virou de costas, comendo a fruta que veio com seu almoço.

"Por cinco anos, você escondeu a identidade desse homem, e aí ele surge em nossas vidas e você vai continuar a…"

"Mamãe! Pare!"

O telefone dela apitou com uma mensagem e ela deu a volta até alcançar os pés da cama, onde o aparelho estava, perto do Bandit e do Tiggy.

**RUSS**
*Desculpe, dormi demais*
**13:30**

**RUSS**
*Posso ir, ou devo esperar?*
**13:30**

*Minha mãe está aqui*
**Enviada 13:31**

**RUSS**
*Acho que isso é um não*
**13:31**

Eles trocaram mensagens, e ela enviou mais algumas até sua mãe limpar a garganta. Era difícil acreditar que isso estava acontecendo, seja lá o que "isso" fosse. Ela não iria correr o risco de atrapalhar antes mesmo de começar, jogando Jack para o lobo encarnado por sua mãe.

O dia inteiro ela pensou no beijo, várias vezes, até imaginou ir além dele. A raiva e humilhação que passou no telefone, seguidas pela correspondência jurídica, não foram esquecidas. Contudo, se um conjunto de pequenas coisas boas podem apagar uma coisa grande, semelhante à forma como, num espaço de cinco anos eles trocaram 15 mensagens para um telefonema, então ele estava se dando bem no caminho da redenção.

E ela? Ela precisava ser perdoada por ele? Ela se lembrou do momento em que ele questionou sua decisão de não ter contado para ele sobre o Tristan.

A compreensão da sua mãe podia ser estranha, e essa era uma dessas vezes. Ela tinha o hábito de acordar cedo, estar de pé antes de o sol raiar pela manhã, e tirava um cochilo a tarde toda. Entretanto, hoje ela não o faria. O pai de Marissa passou no hospital após o trabalho, e até mesmo a sua presença não fez com que sua mãe se apressasse, como sempre acontecia.

Um alegre funcionário do hospital entregou o jantar de Tristan, e Marissa tinha acabado de ajeitar a bandeja para facilitar a alimentação, quando o primeiro toque de guitarra ressoou.

Ao ouvir o toque do telefone, seus pais reagiram da mesma forma que as pessoas da recepção na noite anterior, mas os olhos de Tristan se iluminaram em deleite. "Atende, mamãe! Por favor!"

Sua mãe e seu pai ficaram ainda mais fascinados com a reação do Tristan, e ela rapidamente fez o que seu filho pediu.

*Como se agora ela conseguisse recusar as chamadas...*

A sensação dos lábios do Jack roçando gentilmente os seus fez com que ela apertasse a tela depressa.

"Oi!" Enquanto falava, ela levantou um dedo com educação, não exatamente o dedo que ela queria ter mostrado após notar a careta da sua mãe, e se retirou para continuar a conversa no corredor.

"Ei!" O sorriso na voz dele era transportado através da linha telefônica. "A barra já está limpa?" Soltando um triste suspiro, ela respondeu em negativa e ele replicou: "Saiba que eu não me importo de conhecê-los. Eu só esperava, acho que eu estava pensando que..." Ele foi diminuindo até parar, e ela ficou distraída, observando um paciente sendo instruído a andar pelo corredor, até ouvir um sussurro quase inaudível do outro lado da linha. "Será que esse é o melhor momento para eu conhecer o Tristan? Será que eu não deveria esperar até ele estar se sentindo... Mariss, eu não sei o que fazer."

"Bem, esse não é o melhor momento, sabe, para contar pra ele."

Com a mesma frequência que ela pensava no último beijo entre eles, imagens se formavam em sua mente com possíveis cenários em que ela explicava para o Tristan quem era o Jack. O hospital não era um desses cenários.

"Mas ele está se sentindo muito bem. Estou surpresa com a sua melhora. Então, se você quiser passar aqui, ficar um pouco... meus pais já estão indo embora."

Esse momento não deveria ter espectadores. Quando Jack confirmou que viria, ela ajeitou os ombros retos e resolveu se livrar da audiência no quarto. Ao

114

voltar para lá, encontrou sua mãe ajudando Tristan com sua caixinha de suco, e, surpreendentemente, ela não nem piscou quando Marissa contou uma parte da verdade.

"Um amigo do Tristan está vindo aqui, e acho que ele deveria descansar até a chegada dele."

Seus pais trocaram um olhar de entendimento, e seu pai concordou na mesma hora, e sorriu satisfeito quando sua mãe também concordou. Era óbvio que eles tinham conversado enquanto ela estava ao telefone, e pelo menos uma vez sua mãe estava de acordo com o conselho dele.

"Quem está vindo?", Tristan perguntou assim que os abraços foram dados e seus avós saíram do quarto.

Ela pensou que ele estava interessado na TV quando falou baixinho com seus pais, mas, como sempre, ele não deixava passar nada. Passando uma escova com cuidado no seu cabelo, ela explicou: "Um novo amigo. O que trouxe o Bandit quando você estava na cirurgia."

"O que toca a música?"

"Humm?"

Essa pergunta a deixou intrigada, e ela analisou o pequeno rosto, pesando em como ele poderia saber que "esse amigo" se tratava de um músico.

"O que toca a música quando liga no seu celular?" Era óbvio que Tristan estava agindo normal, já que o aborrecimento por ter que se explicar era nítido.

O cérebro dela ainda estava confuso. Embora agora ela soubesse que ele estava se referindo à música que tocava quando Jack ligava em seu celular, ela começava a suspeitar que Tristan não entendia exatamente como isso funcionava, e que em sua cabeça

de quatro anos, ele imaginava que a pessoa ligava e criava o som ao mesmo tempo.

Uma enfermeira entrou e ficou murmurando enquanto conferia os sinais vitais e o analisava com atenção, como a maioria dos funcionários fazia. Jack ligou mais uma vez, e quando ela atendeu, Tristan lançou o olhar para ela. Ela resolveu que logo explicaria o que eram os toques de celular.

"Você disse que Tristan gosta de raspadinha de Oreo? Ele já pode comer normal?"

Ela pensou no doce gelado e sorriu, achando fofo Jack ter se lembrado de pequenas coisas sobre o Tristan, e quis que a estadia no hospital se prolongasse. Ela confirmou para o Jack que a dieta normal de Tristan já estava liberada, deu espaço para a enfermeira se retirar e encontrou o olhar ávido de expectativa do seu filho, observando-a conversar ao telefone.

"E você? O que você quer?", Jack perguntou.

"Ah, obrigada, mas eu não quero nada", ela afirmou e sentiu cada célula do seu corpo irradiando calor, por ele ter perguntado. Bobagem, mas aconteceu.

"Sim, você quer", ele retrucou como um irmão mais velho, um melhor amigo, ou… um namorado.

"Não quero. De verdade."

"Você comeu hoje?" A pergunta cuidadosa completou a sensação de afeição.

"Comi." Como resposta, ela garantiu que nesse andar era oferecida uma bandeja extra para o acompanhante do paciente.

Jack insistiu, teimoso, em pegar algo de que ela gostasse. Chegou até a ameaçar que pegaria qualquer coisa do cardápio caso ela não escolhesse.

"Além do mais, como você acha que seria se eu chegasse aí com algo pra mim e pro Tristan e nada para você?", ele provocou.

"Tá bom, tá bom!" Cedendo, ela cortou os carboidratos e calorias e pediu uma raspadinha. Vez ou outra ela se permitia tomar um desses doces, então não conhecia direito os sabores. Antes que ele perguntasse, ela continuou: "Surpreenda-me."

Tristan não disse nada quando ela desligou, mas permaneceu observando-a, como ele costumava fazer na véspera de Natal, ou do seu aniversário, quando ela chegava em casa e se esgueirava até o quarto para esconder os presentes.

Nervosa, ela passou a mão no cabelo amassado em frente ao espelho.

Essa manhã, ela tomou banho no pequeno banheiro adjunto ao quarto e vestiu um jeans com uma blusinha de malha confortável. Agora, ela olhava sua aparência e desejou ter sido avisada da presença de Jack antes de ter arrumado a mala.

Ela se sentou na cama ao lado do Tristan para esperar, pensando nas coisas que precisava fazer nessa semana, e, para não perder o costume, nos acontecimentos de hoje...

...*O beijo do Jack*...

Uma leve batida na porta a despertou de seus devaneios. Ela olhou para baixo e viu que Tristan cochilava de novo. Deu um pulo e abriu a porta, sentindo a conhecida agitação em seu estômago quando os olhos escuros de Jack fitaram seu rosto.

Ao observar Tristan dormindo, seu rosto demonstrou decepção e alívio. Ele entregou uma bebida gelada para ela, colocou a outra na mesa ao lado da cama

e olhou para os bichos de pelúcia aos pés da dela. Por fim, voltou o olhar para o rosto adormecido do Tristan, com os olhos cheios de ternura.

A princípio, seu coração se derreteu ao ver a naturalidade do instinto paterno na expressão de Jack, mas, da mesma forma que antes, seu interior se contraiu com um medo abrupto.

De repente, ela desejou que Tristan não fosse a miniatura perfeita do seu pai, como se isso fosse impedir a aproximação que Jack já sentia. Uma boa mãe teria roubado um banco por dinheiro, e não arriscado a guarda do filho.

"O que foi?", Jack indagou, a preocupação pesava em suas palavras.

Imediatamente, ele chegou à conclusão de que o seu temor era relacionado ao seu filho, e perguntou sobre a visita do médico mais cedo. Forçando um sorriso, ela relatou as coisas positivas que o Dr. Millosky disse de manhã, durante o exame. Tristan teria que ficar internado no hospital só mais dois dias, e quando eles estivessem em casa, um fisioterapeuta iria atendê-lo três vezes por semana.

"É ele, mamãe?"

Os dois olharam para o Tristan, e, óbvio, ao pensar sobre o que Tristan estava falando, Jack olhou depressa para ela.

"O toque do celular, quando você liga." Apressada, ela explicou, com intuito de tranquilizar qualquer receio que ele pudesse ter sobre ela ter revelado sua identidade para seu filho.

"Ele está fascinado pelo toque do celular."

Ela queria correr para o lado do Tristan, mas se conteve onde estava, enquanto Jack se aproximava da cama.

"Ah." O sorriso do Jack era tenso, mas ele movimentou um ombro, encolhendo despreocupado. "Acho que sou eu." Abaixando o seu copo, ele indicou o outro. "Sua mãe disse que você gosta de raspadinha."

"Só de Oreo." O tom de Tristan era de esperança, porém estava conformado, como se soubesse que um estranho não pudesse acertar o seu sabor preferido.

Jack levantou o copo, espiando na borda com as sobrancelhas franzidas, do mesmo jeito que Tristan fazia quando pensava. "Ei! É de Oreo!"

Tristan levantou as pequenas sobrancelhas, e quando fitou Marissa com um olhar de tolerância, ela soube que seu filho não era enganado por brincadeiras dos adultos. Mas ele não disse ao Jack que a pessoa que comprou saberia exatamente qual sabor tinha comprado. Ao contrário, ele emitiu um sorriso em agradecimento e esticou a mãozinha.

"Então, como você toca aquela música? Bateria e guitarra?"

Agora era a vez de Jack olhar para ela com surpresa. Mesmo que ele considerasse confusa a origem da pergunta, ela sabia que ele deveria estar contente pela primeira conversa com seu filho ser relacionada à música.

"Eu toco a parte da guitarra. Meus amigos tocam bateria e baixo." Jack se referiu aos integrantes da banda, mas não falou nada sobre a banda.

Observando a interação, Marissa pensou se deveria apresentá-los, mas Tristan foi mais rápido.

"Qual o seu nome?", ele perguntou curioso.

Após se apresentarem, eles apertaram as mãos educadamente, e ela observou, maravilhada, enquanto os dois conversaram por vinte e cinco minutos, olhando para ela poucas vezes. Eles falaram sobre música, comparando conhecimento sobre ela, e falaram sobre cachorros, comparando Bally e Rusty. Ela acabou se sentando na cadeira e tomando seu sorvete, sem se importar com o copo conter a quantidade total diárias de calorias.

Jack ficou lá até as nove da noite, quando terminou o horário de visitas. Tristan dormiu, mas acordou quando Jack estava prestes a ir embora, como se fosse instinto. Mexendo no cabelo escuro do filho, Jack prometeu visitá-lo da próxima vez que viesse à cidade. Nesse momento, Marissa se levantou, descolando sua coluna do encosto da cadeira.

Esperando até que eles estivessem no corredor, do lado de fora da porta, ela pronunciou a pergunta, com o cuidado de não demonstrar emoção. "Você está indo embora?"

"Meu voo é de manhã. Tenho um compromisso. Eu não iria, se pudesse." Seus olhos escuros pareciam tão decepcionados e arrependidos quanto os olhos dela deveriam estar.

Mantendo a voz leve, ela respondeu: "Bem, se você precisa ir…"

"Sim…" Ele exibiu um meio-sorriso, recompensando-a com uma singela covinha. "Eu preciso…"

Após essa frase, ele parecia estar se aproximando em distância e altura. Isso tinha duplo sentido? Se tivesse, ela iria…

Beijá-lo…

120

Quando ela inclinou a cabeça para cima, ele a encontrou antes que ela se elevasse com as pontas dos pés.

O beijo era quente e sutil, e o toque de suas línguas era selvagem e eletrizante.

Apesar de estarem em público, e de seu filho estar do outro lado da porta, ela aprofundou o beijo, chupando, apreciando sua língua com mais vontade do que tinha feito com o sorvete. Ela mais sentia do que ouvia o ruído da garganta dele. Ele se pressionou a ela, empurrando suas costas contra a parede, afastando sua língua o suficiente para provocar seus pontos sensíveis, depois passou-a pelos lábios dela, antes de devolvê-la para ela fazer o que quisesse com...

"Crianças, vocês precisam ir para outro lugar!"

A voz feminina era arrogante, como se eles fossem adolescentes levando uma bronca, e talvez a mulher pensasse que eles eram adolescentes.

Surpresa, Marissa endireitou a postura, mas não tinha como se mover. Jack demorou um pouco mais para se endireitar, continuando a pressionar seu corpo contra ela, enquanto aproveitava mais alguns segundos do beijo aterrador. O coração dela acelerou a uma velocidade estonteante, e ela agradeceu por ele ter afastado apenas os lábios, deixando seu corpo como estava, ou ela teria deslizado parede abaixo.

De forma unânime, os dois viraram a cabeça em direção à grande mulher que usava avental do Scooby Doo. Marissa não conseguia parar de rir, isso até Jack beijar seus lábios mais uma vez, deixando suas línguas se encontrarem por mais alguns segundos antes de dar um passo para trás.

"Vou te ligar amanhã", ele prometeu. Ela meneou a cabeça e disse algo concordando, depois aproveitou a visão dele caminhando para longe, antes de voltar para o quarto. Seu corpo cantava por causa do beijo, nada parecia impossível.

Novo plano sobre a guarda. Se casar com o Jack Storm

.

# CAPÍTULO 16

A casa estava em silêncio. Tristan já havia apagado e Bally, feliz por estar em casa e mais feliz ainda por estar com sua família, dormia nos pés da cama do seu pequeno dono.

A televisão que estava na cômoda do Tristan foi presente de Jack. Tinha sido entregue há poucos dias, logo depois que ele recebeu alta do hospital. Como consequência, agora a televisão da sala ficava desligada a maior parte do tempo.

Jack ligou todas as noites em que Tristan passou no hospital, conversava um pouco com ele antes de falar com ela. Após voltarem para casa, as ligações diminuíram para uma ou outra noite, mas ele mandava e ela respondia no mínimo uma dúzia de mensagens por dia.

Vagando pela casa, ela recolheu brinquedos, cuidando da arrumação geral, tentando se absolver do sentimento de culpa por não querer lavar a louça. Abrindo a gaveta da escrivaninha, ela guardou a caixa de arte do Tristan, que continha lápis coloridos, giz de cera,

entre outras coisas, e quando a fechou, o laptop que estava em cima acendeu a tela. Isso era comum.

Olivia tinha passado ali para olhar o Tristan enquanto Marissa saiu para fazer compras. Muitas vezes, quando Olivia esquecia seu *tablet*, ela se distraia com o laptop e parava no meio do que estava fazendo para cuidar do Tristan, atender o telefone ou fazer alguma outra coisa.

Embora tenha se assustado com a tela se iluminando, isso acontecia porque estava hibernada, e ela colocou a mão no mouse com o intuito de desligá-lo.

Antes de apontar e clicar, viu um banner de um famoso blog de fofocas de Hollywood piscando e sorriu para as manias de sua amiga. Só por diversão, ela levou o computador até o sofá. Sentou-se, descansando os pés de forma confortável na mesa, enquanto clicava nas imagens, lendo as mais recentes novidades dos famosos.

Ao notar uma caixa de pesquisa, ela digitou o nome que nunca saía de sua cabeça. Uma vez que a página carregou, ela acessou as imagens e começou a ver, com carinho, o rosto de quem ela sentia falta e esperava ver o quanto antes. Na última conversa por telefone, Jack mencionou a possibilidade de voar até lá para passar uns dias no final de semana.

Vários links para outros blogs estavam expostos no final da página, e um deles chamou sua atenção.

*"Os Boatos Mais Quentes do Momento"*

*"Jack Storm visto discretamente no Sky Bar com Leanna Miranda Gavin, sua sexy ex"*

Um rápido clique acessou a história, e ela analisou a foto, curiosa em saber qualquer coisa a respeito do Jack, até mesmo suas ex-namoradas. Por que ela ainda não tinha se interessado por esse tipo de entretenimento?

Minutos depois dessa ideia ter passado em sua cabeça, as coisas que ela via deixaram de ser divertidas.

Ela ignorou a data enquanto babava na foto.

Parecia que o blog não estava exagerando quando alegava "Agora Mesmo".

A foto do Jack com o braço ao redor da bonita morena havia sito tirada mais cedo, nesta mesma noite.

Nesta noite.

Indignada, ela encarava a tela em branco e preto da televisão, depois olhou de novo para a tela vívida do laptop, conferindo a data.

Quando aceitou a triste realidade, ela abriu outra janela e digitou "Leanna Miranda Gavin".

Por vários minutos, ela passou pelas fotos da mulher, que, óbvio, era uma modelo de lingerie. Ver essa mulher incrivelmente linda, vestida com roupas minúsculas, como Jack com certeza já tinha visto, multiplicou a sua dor.

Controlando a vontade de jogar o laptop na parede, ela se levantou do sofá e esbarrou um braço no pote de controles remotos que ficava em cima da mesinha de centro. Eles balançaram em cima do estofado e se esparramaram no piso de carpete de madeira.

Lembrando-se das mensagens trocadas nos últimos dias, cheias de insinuações, ela voltou a analisá-las, pensando se estava interpretando mais do que deveria. Ela pensou em outra época, na paquera com o Clayton, ou qualquer outro cara, quando não se preocupava com o que estava fazendo. Eles não tinham

importância para ela, então ela os tratava da mesma forma. Será que ela não significada nada para o Jack?

Será que ele estava jogando com as palavras da mesma maneira que ela fazia com o sexo oposto? Será que ele só estava beijando ou aceitando um beijo quando era conveniente, sem se importar com o que poderia acontecer?

Essa linha de pensamento fez com que ela ficasse andando de um lado para o outro, e, ao parar perto do aparelho de som, esbarrou nos DVDs, fazendo-os espatifar no chão. Espiou o celular e também o jogou longe, para não ceder à loucura e ligar para ele.

E isso era exatamente o caso, pura loucura. Ela sabia que não tinha direito de ser tão possessiva, ou de sentir uma amarga sensação de queimação de traição.

DEBAIXO DE UMA DUCHA DE ÁGUA quente, ela se esforçou para acalmar sua cabeça atormentada.

Sim, ele parecia envolvido no beijo... primeiro carinhoso e reconfortante, em seguida quente e apaixonado... para depois sair com sua ex assim que pousou em LA.

É, ele não estava. Ela que sonhou com ele durante muito tempo, inventou um relacionamento em sua imaginação que nunca existiu. E aí, com alguns sinais de afeição por parte dele, ela permitiu que sua imaginação fosse além.

Mais do que qualquer coisa, ela queria que eles fossem uma família. Mesmo se fosse uma ilusão, uma realidade idealizada. Ela tinha se agarrado a essa ideia por muito tempo para deixá-la passar.

Seu plano poderia ser diabólico e um ato desesperado, mas pela primeira vez em sua vida, ela gostaria de deixar a lógica e até a decência de lado, para alcançar o que almejava.

E, se ela fosse planejar alguma investida, então era o momento de colocá-la em prática.

Ela não era uma modelo de lingerie, mas tinha duas coisas importantes a seu favor.

Primeiro, ela e o Jack tinham um filho. Um filho que era, simplesmente, a versão miniatura dele.

Segundo, ela o desejava, e ele também deixou claro que a desejou, se ela acreditasse no discurso que ele fez no quarto vazio do Tristan, no hospital.

Ele só precisava ser convencido de que ainda a desejava e que fazia sentido que eles criassem um filho juntos.

Pendurando sua toalha em um gancho, ela vestiu um roupão, deu uma olhada no Tristan e foi buscar o seu celular.

Com cuidado, ela pensou no que estava prestes a fazer. Voltando para o corredor, rumo a seu quarto, ela pensou nisso mais uma vez e parecia razoável. Deitando-se na cama, ela começou a digitar.

> *Vá em frente e marque um encontro com o Joel*
> **Enviada 22:50**

A mensagem sozinha já era uma artimanha tão suja quanto o que as palavras colocariam em ação.

Ainda bem que Olivia estava trabalhando e não poderia ligar para ela na mesma hora, fazendo perguntas curiosas.

Poucos dias atrás, Marissa cumpriu a promessa em contar tudo sobre o Jack para sua amiga. Sem relatar os detalhes sórdidos, ela confessou ter feito o melhor sexo da sua vida cinco anos atrás, e, por fim, contou sobre os dois beijos no hospital e a conversa pelo celular. Como uma amiga leal, Olivia se enfureceu ao ouvir a reação inicial do Jack quando ficou sabendo sobre o Tristan, e, tal como uma romântica e melhor amiga, ela torcia para que eles tivessem um envolvimento amoroso.

Marissa se deitou na cama embaixo da coberta e estava prestes a colocar seu celular para carregar quando escutou uma mensagem.

**RUSS**
*tá acordada?*
**23:55**

Conectando o carregador, ela desligou a luz, mas não conseguia pregar os olhos e ficou deitada por horas, encarando a escuridão.

"Maamãaae...mã, mã, mã... maaaamãe... mamãe...

Ainda com sono, ela se espreguiçou para acordar. Tristan a chamava cantando, com uma voz gutural e arrastada. Era sua mais nova mania. Começou após ela ter encontrado uma música do Jackal que não possuía palavrões ou conteúdo sexual implícito, e baixou no seu *iPod*.

O iPod também foi um presente de Jack, chegou pelo correio na primeira noite de Tristan em casa. Ele veio com algumas músicas clássicas que Jack e Tristan tinham conversado, como The Beatles.

Virando para o lado, ela pegou o celular para conferir o horário e saiu do conforto das cobertas ao ver o quanto era tarde. A fisioterapeuta do Tristan chegaria em meia hora, e o pequeno ainda não tinha se trocado ou tomado café da manhã.

Personagens animados cantavam em harmonia, a música ressoava pelo corredor enquanto ela se apressava até o seu quarto. Ela percebeu que os desenhos animados na televisão do quarto dele faziam com que ele ficasse até mais tarde na cama. Ele ainda não tinha voltado completamente para as muletas, então ela o pegou no colo, o levou para um banquinho no balcão da cozinha e encheu uma tigela com cereal. Depois, ela voltou ao quarto para limpar o urinol portátil de plástico, trazido do hospital para que ele usasse até que estivesse se virando melhor sozinho.

Seu celular começou a tocar no seu quarto e Tristan gritou da cozinha: "É o Jack! Atende!"

Ela não atendeu e teve que aguentar o falatório do Tristan por meia hora.

Olivia não ligou para Marissa no horário do almoço, como ela esperava. Na verdade, sua amiga dirigiu até lá, para tentar colocar um pouco de bom senso na cabeça da Marissa. De onde ela e Olivia estavam em pé na cozinha, podiam ver Tristan e a fisioterapeuta com facilidade, no quarto de ginástica, seguindo a rotina de exercícios. Como Tristan estava ocupado, ela estava livre para conversar, e Marissa contou tudo sobre o artigo do blog para a Olivia.

"Dê-lhe uma chance de explicar", Olivia pediu. "Melhor ainda, não vá para cima dele como uma louca. Foram dois beijos. Homens são diferentes. Algumas vezes eles não largam tudo a que estão acostumados por causa de dois…"

"Beijos maravilhosos", Marissa interrompeu. "E você tem razão. Por isso quero sair com o Joel. Se Jack souber que eu não estou levando aqueles beijos a sério, da mesma forma que ele está fazendo…"

O olhar observador de Liv, de repente, se tornou compreensivo com o que estava vendo na amiga, e Marissa se esforçou para manter a expressão discreta.

"Eu só quero uma chance com ele. E se não der certo, quem sabe, talvez eu e o Joel possamos…"

Mas ela não queria nem pensar na possibilidade de as coisas não darem certo com o Jack.

Seu celular começou a tocar e, antes que Tristan pudesse deixar sua fisioterapeuta surda, gritando com sua mãe, ela atendeu.

"Ei!", dando um jeito de manter a voz tranquila, ela cumprimentou Jack. "Como vai?"

"Eu estava pensando em ir na sexta, se estiver tudo bem. Deixei uma mensagem de voz…"

Achando graça na mensagem de voz, sem saber se ele estava brincando ou não, ela parou para servir um copo de café e recuperar seus sentimentos atormentados só de pensar em vê-lo. "Claro, tudo bem. E me desculpe pela mensagem de voz. Hoje o dia está uma loucura, não tive tempo de conferir."

Olivia a fitou de um jeito engraçado ao ouvir a mentira deslavada, já que elas tinham acabado de conversar sobre a mensagem de voz.

"Tubo bem. Só queria conferir mais uma vez antes de agendar o voo." O timbre sexy e doce de sua voz enfraquecia seus joelhos, e ela se sentou na banqueta ao lado de Olivia enquanto ele continuou: "Como está o pequeno roqueiro?"

Eles conversaram mais alguns minutos antes que ele desligasse, dizendo: "Até logo, Mariss."

Ao se virar, ela encontrou Olivia quase desmaiando e compreendeu que sua amiga pôde ouvir com clareza, já que a televisão da sala não estava fazendo barulho como geralmente fazia.

"Não acredito que você vai levar isso adiante, Rissa." Olivia se levantou para pegar seu copo de café." E se você atrapalhar as coisas?"

"Confie em mim. Eu sei até onde ir. Consegui amarrar o Kel, não consegui?" Dizer o nome do seu ex-noivo era repugnante, mas ela trouxe à tona para enfatizar. Kel era um galinha, saía com várias garotas da sua turma e metade das garotas da faculdade, e ela fez com que ele a pedisse em namoro seis meses depois de terem se conhecido.

Isso soa como maldade ou manipulação? No caso de Kel, foi merecido. Olhando para trás, Kel deixava todos os sinais em evidência. Ele se dava por inteiro, fazendo com que ela ficasse esperando mais, até que ela virou o jogo. Aí, foi a vez dela se queimar. Talvez Liv estivesse certa em se preocupar.

Deixando esse pensamento de lado, ela fitou vagarosamente seu celular.

# CAPÍTULO 17

Colocando creme no café, Olivia ficou imóvel e não disse uma palavra, mas Marissa imaginou o que sua amiga estava pensando, mesmo ela sendo muito boazinha para falar em voz alta.

"E olha só como terminou tudo."

Porém, Jack não era como Kel.

Nos dias que eles passaram juntos e nas duas semanas com conversas ao telefone, ela descobriu que ele tem uma integridade que falta em muitos homens. Por muito tempo ele tinha sido uma fantasia longe do seu alcance, e agora, que estava perto, ela sabia que se agarrava a isso desesperadamente.

"Liv", ela implorou para que sua amiga entendesse. "Eu sei que não deveria estar fazendo esquemas. Mas sinto como se ele estivesse tão fora do meu alcance, que esse é o único jeito de conquistá-lo. Eu o quero mais do que jamais quis qualquer pessoa ou qualquer coisa, tirando o Tristan."

Olivia observou enquanto ela rasgava o guardanapo em pedacinhos devido ao nervosismo, e

teve coragem de tentar colocar algum juízo na cabeça da amiga, mas Marissa manteve sua opinião.

Parecia importante que Jack soubesse que ela tinha opções e que ela não era uma mãe desesperada qualquer, ou alguma groupie adulta.

"Tá legal", Olivia respondeu contrariada e na mesma hora ligou para o seu marido.

Menos de uma hora depois, estava tudo combinado para o encontro entre Olivia, Michael, Joel e Marissa. Eles iriam jantar em um restaurante italiano de luxo.

Pensando no encontro, Olivia olhou para a aparência da Marissa e perguntou: "Quer algo emprestado para vestir?"

Marissa fez mais do que pegar um vestido preto justo emprestado da amiga.

Olivia ficou olhando Tristan no dia seguinte, para que Marissa pudesse ir ao salão fazer luzes e aparar o cabelo, cortando-o em camadas conforme a última moda. No dia em que Jack chegaria, ela fez as unhas enquanto Tristan tirava uma soneca após ter tomado Tylenol. A sessão de fisioterapia naquela manhã mostrou um avanço significativo. Tristan estava se movimentando com suas muletas muito melhor que antes, e conferir tal fato acendeu uma chama em seu olhar.

Jack mandou uma mensagem avisando que já tinha aterrissado, e ela sabia que logo ele estaria dentro de um carro alugado, dirigindo até a sua casa usando um GPS.

Ela pegou uma camisa da secadora e arremessou para o Tristan, que estava na sua pequena poltrona reclinável com seu tablet.

"Por que eu tenho que colocar isso?"

"Porque Jack está vindo aqui, e você precisa de uma camiseta limpa."

Os olhos dele brilharam ao se lembrar da visita de Jack, mas, teimoso, empurrou a camiseta pra longe. "Quero minha camisa vermelha."

Tristan se referia à camisa que tinha uma guitarra flamejante na frente, desbotada de tanto lavar. Puxando a barra que ficava subindo do vestido preto emprestado, ela correu até a área de serviço para procurar tal camisa na secadora. Tristan a vestiu na mesma hora em que a campainha tocou.

Ela enfiou as duas camisas que Tristan não estava usando dentro do estofado no canto do sofá, endireitou a coluna e puxou a saia justa mais uma vez, fazendo com que ela ficasse alguns centímetros acima dos joelhos. O salto do seu sapato fazia barulho enquanto ela andava pelo corredor até a porta.

Espiar pelo olho mágico foi um erro.

O efeito que Jack causava nela não diminuía nunca, e ela congelou por um momento, observando o mesmo estilo casual que ele usou nas duas visitas ao hospital: jeans, camiseta, blusão e o cabelo amarrado. Os dois colares, um comprido e um curto, eram novidade, assim como um alargador preto em cada orelha.

Abrindo a porta, ela deu um passo para trás e sorriu, cumprimentando-o, e ele hesitou por um momento antes de entrar. Seus olhos escuros se inflamaram ao analisá-la da cabeça aos pés, demorando um pouco em alguns lugares. Quando ele olhou em seus olhos com uma faísca de desejo, ela sentiu uma chama percorrer todo o seu corpo.

Ao passar por ela, ele disse em um tom rouco: "Você está deslumbrante com esse vestido, Mariss…"

Ele parou bem perto dela, e, ao sentir que ele iria beijá-la, ela desviou a atenção fechando a porta e gritando pelo corredor para o Tristan: "Olha só quem chegou!"

Tristan estava assistindo à interação dos dois, e pela primeira vez nos seus poucos anos de vida, a expressão no rosto dele não era transparente. Ela não conseguia identificá-la.

Jack foi direto rumo ao Tristan, batendo o punho como o havia ensinado no hospital, e eles começaram a bater papo na mesma hora, como se fossem velhos amigos que não se viam há tempos.

Jack continuava olhando-a de relance enquanto ela se movia por todo lado, garantindo estar sempre dentro do campo de visão dele. Inclinando-se, pegou os carrinhos da Hot Wheels e a vasilha de água da Bally, encheu-a e se inclinou de novo, depositando-a no chão.

No exato momento, a cachorra estava do lado de fora da porta do quintal, e não estava feliz por estar do lado errado da porta, ainda mais com a presença de um estranho perto de Tristan. Por ela ser uma labrador muito brincalhona, sempre precisava de alguns minutos para se acalmar antes de poder entrar, quando eles tinham visita. Enganchando um dedo em sua coleira, Marissa a soltou para que ela fosse até o Tristan, e voltou para a cozinha.

Com muita importância, Tristan apresentou seu animal de estimação para o Jack e perguntou: "Bally é muito maior que o Rusty?"

"O que você acha da ideia de eu trazer o Rusty para visitar a Bally um dia, aí nós podemos ver?"

Parando de mexer o quiabo na panela em cima do fogão, Marissa avaliou aquela pergunta. Trazer Rusty para conhecer a Bally, em vez de levar Bally para conhecer o Rusty? Em todas as suas conversas com o Jack, ele não mencionou o teste de paternidade que, de acordo com a documentação legal, deveria ser agendado no máximo até a próxima semana.

Na única vez que Jack mencionou a ida de Tristan a LA, ela também tinha sido incluída na conversa. 'Nós deveríamos levá-lo à Disney e à Legoland... ele gosta de Lego?' Encarando a panela, ela não via a comida, mas, sim, o semblante de Jack.

"Pronto, garotos, quem quer comer?", Marissa perguntou por cima do ombro, após sacudir o corpo para despachar o estresse. Depois de desligar a chama, ela pegou talheres e pratos da máquina de lavar louça.

"Eu! Eu!", Tristan afirmou com entusiasmo, e depois baixou o volume da voz infantil para perguntar ao Jack: "Você também quer, né?"

"Quiabo?", Jack hesitou, deixando clara a falta de interesse no alimento. Lançou um olhar duvidoso para ela, que desceu de forma automática para suas pernas, passando devagar por seus seios, antes de voltar para o seu rosto.

"Minha mãe faz o melhor quiabo com frango do mundo", Tristan se gabou. "Ela também coloca arroz!"

"Bem..." Sem tirar os olhos dela, Jack respondeu: "Se sua mãe que fez, eu sei que é o melhor. Vou comer um pouco."

Mesmo que Marissa estivesse gostando dos olhares dele, ela sabia o que eles representavam... uma forma de sedução do ego masculino. Era provável que

ele estivesse apreciando porque acreditava que ela tinha se arrumado para ele.

A primeira parte do plano dessa noite tinha sido iniciada, executada, e agora era o momento de monitorar e controlar.

"Você quer comer aí?" Marissa serviu dois pratos enquanto perguntava, consciente de que Tristan sentia vergonha sempre que precisava andar de muletas perto de alguém que ainda não tinha visto.

Tristan concordou, e ela levou o prato até a sala após resfriar um pouco o alimento.

Ela inclinava o corpo sugando os músculos da barriga com perfeição. Isso era aconselhado em seu trabalho, visando a saúde da sua coluna, e também era útil para conseguir gorjetas melhores. Esta noite, ao colocar os pratos na mesa perto do sofá, ela almejava algo muito mais valioso do que uma ou duas fichas no cassino.

Ela se sentiu triunfante quando interceptou Jack olhando para seu traseiro, e, com delicadeza, começou a falar: "Essa noite você vai ficar aqui por um tempo?"

Seus olhos escuros fitaram os dela, e depois se abaixaram quando ele pegou a colher. "Eu vou ficar aqui pelo tempo que você quiser."

O timbre rouco de sua voz fez com que suas intenções ficassem muito claras. Se ela estivesse com o celular em mãos, teria cancelado o plano diabólico e passaria a noite aquecida no seu colo, ou deitada embaixo dele.

De novo, Tristan percebeu a mudança no clima, analisando os dois em silêncio enquanto comia seu jantar. Ela se manteve imóvel perante aqueles olhos escuros muito parecidos com os do seu filho e deu sequência à primeira fase.

"Legal! Como você pode ficar aqui com o Tristan, pensei em dar uma saidinha por umas duas horas."

Despreocupada, ela colocou dois copos de chá adocicado à mesa, mantendo-se inclinada mais um pouco, fingindo esfregar uma mancha com o dedo. Uma sensação de nervosismo na boca do estômago foi a única coisa que a impediu de rir, quando viu o semblante incrédulo estampado no rosto do Jack.

Após o susto inicial, ele aparentava estar confuso até ficar furioso. "POR ISSO que você está vestida assim?"

Lançando um olhar cuidadoso para seu filho, ela replicou: "Sim. Essa não é a forma que me visto para cozinhar quiabo…"

Jack, que estava espalhado no chão, entendeu o olhar que ela deu para o Tristan, se endireitou com a graça de um gato selvagem e solicitou: "Podemos conversar um minuto?"

Ela continuou encenando e olhou da sala para o relógio da cozinha, concordando. "Claro, mas tenho só alguns min…"

Suas palavras foram interrompidas de repente, quando Jack pegou seu pulso com firmeza e a levou pelo corredor. Olhando de volta para a sala e para o Tristan, ele entrou na primeira porta à sua frente. Ficou surpreso ao notar que estava no quarto dela e soltou o seu braço. Com calma, ele observou o quarto por alguns segundos… a cama arrumada com vários travesseiros macios encostados na cabeceira e a cômoda com alguns porta-retratos do Tristan.

"Você quer que eu fique de babá?!" Seus olhos castanhos estavam ameaçadores, carregados por uma emoção que a aquecia e despertava desejos, ao mesmo tempo em que a deixava alerta.

"Não." Com cuidado, ela mediu suas palavras. "Você não vai ser babá, já que ele é seu filho…"

"Não. Marissa. Não! Eu não vou 'ficar de boa' aqui, enquanto você sai," sendo sarcástico, ele proferiu a gíria e inclinou a cabeça, esperando por sua resposta.

"Por quê? Jack, você está se saindo tão bem com ele." Ela deu uma de desentendida, fingindo não entender o motivo da sua negação. "Ele só fala de você ultimamente. Ele está se virando muito bem. Você não vai precisar fazer nada, exceto dar uma colher de Tylenol se ele sentir dor. Volto em duas horas, no máximo, antes da hora de ele dormir. E", ela completou, fingindo não ter entendido a sua irritação, "estou a uma ligação de distância. Eu sei que não deveria estar te pedindo isso, mas faz tanto tempo que não saio, e o estresse que tenho passado ultimamente é tão…" Ela parou após perceber que estava começando a se lamentar. "Preciso sair um pouco." Essa parte era verdade.

"Tudo bem."

Marissa estava nervosa, cutucando suas unhas pintadas de vermelho cintilante, enquanto esperava pelo próximo esporro, mas quando ouviu que ele aceitou seu argumento, levantou o queixo e notou que ele tinha um olhar de compaixão.

"Claro, está tudo bem", ele reiterou. "E o que você acha de nós três sairmos amanhã à noite?"

SUA CABEÇA ESTAVA MUITO confusa quando ela atravessou a rua até chegar ao Volvo do Michael. Ela andou pelo concreto com cuidado, para que seu salto não afundasse na grama e acabasse virando o pé, da mesma forma que seu plano virou contra ela na noite de hoje.

Será que a primeira fase foi um sucesso? Não parecia.

Duas horas depois, suas chaves balançavam enquanto ela destrancava a porta de frente. O jantar foi agradável. Michael e Olivia formam um casal espetacular, e Joel era tudo o que Olivia tinha prometido naquele outro dia. Entretanto, ela não conseguia parar de pensar no Jack. Quando Joel a convidou para tomar um café após o jantar, ela recusou educadamente.

Bally veio ao seu encontro, pulando brincalhona ao seu redor, cumprimentando-a do jeito canino. No final do corredor, Jack se levantou do sofá. Ao vê-la, ele pegou o controle remoto e silenciou a televisão. A presença dele mexia com ela da melhor forma.

"Oi." Com um sorriso sincero por vê-lo em seu sofá, ela perguntou: "Eu te acordei?" Ele disse que estava mudando de canal, e ela questionou: "Tristan já foi pra cama?"

"O Tylenol fez ele capotar. Ele dormiu na poltrona, e o levei no colo para a cama."

A imagem aqueceu seu coração, e para evitar que ele visse os sentimentos que estavam transparentes em seu olhar, ela sentou no sofá, ao lado dele, fingindo estar interessada em uma propaganda na TV.

"Você se divertiu?" Suas palavras eram delicadas e curiosas.

141

"Sim. Foi bom sair um pouco, obrigada." *Mentirosa*. Ela queria muito ter ficado em casa. *Com ele*.

Ele perguntou com quem ela saiu, e ela respondeu com sinceridade. Em seguida, ele questionou se ela estava saindo com o Joel. As perguntas pareciam fraternais e, engolindo sua decepção, ela respondeu: "Não. Ainda não. Foi a primeira vez que saí com ele."

"E?"

"E o quê?"

"O que você achou?"

"Do Joel?"

Quando suas sobrancelhas arquearam da mesma forma irônica que o Tristan fazia quando tinha que se explicar, ela quase se jogou para cima dele. Suas palavras saíram quase como um sussurro. "Não sei ainda."

"Ele te deu um beijo de boa noite?"

"Por quê?" Agora ela estava incapaz de pronunciar qualquer coisa a não ser um sussurro.

Seu olhar castanho fez com que o dela ficasse sem reação, e com suas próximas palavras, ela perdeu qualquer fase ou batalha que estava acontecendo.

"Porque…você deveria."

"Deveria ter sido beijada?" Ela ficou imóvel. A vontade de fazê-lo sentir ciúme tinha ido embora.

"Então ele beijou", ele concluiu, compreendendo o que ela não colocou em palavras. Embora parecesse que ele estava olhando para além dos olhos dela, ela não poderia esconder sua alma abaixando-os. "Não deve ter sido tão bom."

*Não foi.*

De alguma forma, ela replicou: "O que te faz pensar assim?"

"Porque você não teria voltado pra cá querendo me beijar."

Enquanto ele inclinava a cabeça em direção a ela, seu coração começou a bater com mais força do que o arranjo de bateria das músicas dele.

No início, ela estava surpresa por ele beijá-la após ter admitido que havia sido beijada por outro homem há poucos minutos. Mas ele parecia estar com intenção de apagar todos os traços daquele gesto com um novo beijo.

Teimosa, ela se conteve para não responder, não porque ela não tinha força de vontade, mas porque deixar que ele a embalasse em seus lábios, mãos e língua, ao beijá-lo de volta, resultaria em uma sensação de entrega que ela nunca sentiu.

Ela conseguiu, por menos de um minuto, quando seu suspiro se misturou à respiração dele e se deixou levar pela provocação de sua língua, curvando os dedos no seu cabelo automaticamente.

O beijo continuou, roubando qualquer pensamento racional e fazendo com que todas as células de seu corpo gritassem querendo mais. O peso dele pressionava suas costas nas almofadas do sofá.

Em frenesi, ela tirou o amarrador do cabelo dele, desesperada para senti-lo entre seus dedos como fez no dia em que estava no ônibus da turnê, há séculos. Ela começou a arfar, e quando a boca e a língua dele tocaram a base do seu pescoço, ela gemeu.

O tecido fino e justo do vestido não era uma barreira para o jeans que se tornava cada vez mais firme em contato com a sua perna. Levantando um joelho com cuidado, ela mudou a posição, e ele se ajustou quando sentiu o movimento, fazendo com que sua

rigidez se encaixasse com perfeição em sua intimidade, resultando em gemidos sincronizados durante o beijo.

Ele subiu a mão de forma tentadora pelo joelho, coxa e quase alcançou o quadril, pegando-a de surpresa e fazendo com que ela segurasse um suspiro. Quando ele se afastou dos seus lábios para beijar a base do seu pescoço, as mechas sedosas do seu cabelo resvalaram o seu rosto. O traço que ele fez com a língua na sua pele, bem próximo à borda do tecido, fez com que ela se mexesse instintivamente contra o seu jeans, buscando o alívio contido pelo zíper. No meio desse delírio arrebatador, ela sussurrou o nome dele.

Ficando frente a frente mais uma vez, os olhos dilatados fitaram seu olhar e roçaram os lábios. Sorrindo e falando entre os beijos, ele murmurou: "Boa noite, Mariss…"

Por alguns segundos, ela permaneceu deitada, atordoada, sem acreditar que estava vendo-o guardar o celular no bolso e procurar pela chave do carro alugado. Mechas escuras de cabelo bagunçado adornavam o rosto dele, e ao perceber que ela o observava, ele passou as mãos na cabeleira, arrumando um pouco.

"Espera!" Ela pulou, fechou os dedos ao redor do braço dele, deixou seu olhar cair em seu jeans e provocou: "Você não pode ir embora… desse jeito…"

# CAPÍTULO 18

"Não será um problema." Um olhar safado acompanhava sua confiança. "Vou pensar em você. Minha imaginação é boa, e minha memória é melhor ainda."

Ela ficou vermelha ao compreender o significado daquelas palavras, e provavelmente o sentimento de rejeição e tristeza estavam estampados em seu rosto, já que ele substituiu o semblante malandro por empatia.

"Tente dormir um pouco, tá legal? Sei que você anda estressada."

"Então me ajude a relaxar." Mantendo a voz suave, ela tentou não demonstrar seu desespero. Embora não estivesse em seus planos dar uns amassos com o Jack no sofá, ela estava pronta para o desenrolar de uma nova fase ou para rolar com ele. "Você está me devendo. Lembra? Cura do medo de palco?"

Isso a fez sorrir e, tomando coragem, ela chantageou: "Estou usando vermelho…"

Ele se aproximou com dois passos e enganchou o dedo no decote do vestido, afastando o tecido para espiar seu interior. Após descobrir que a lingerie

combinava com a cor escura do vestido, ele levantou as sobrancelhas em desafio.

"Bem, eu esperava que você descobrisse a verdade de uma forma mais divertida."

Era perturbador como apenas sua proximidade e um singelo contato do seu dedo em sua pele pudessem despertar hormônios adolescentes.

"Então é assim que você faz? Simplesmente deixa que as pessoas descubram a verdade?", ele replicou, de forma sutil, com o olhar fixo no dela por um segundo.

Seu tom era sério, e apesar de ele estar se afastando, ela deu um passo para trás.

"O quê?", ela perguntou e começou a mexer na pulseira em seu pulso, meio nervosa.

Ele permaneceu em silêncio e pegou o blusão no braço do sofá. Ela foi tomada por uma sensação horrível quando o observou deslizar os braços desenhados pelas mangas da blusa. Teve a sensação de que as palavras suaves dele tinham outro significado.

"O que você quer dizer?" Ela deveria tê-lo deixado ir embora, sem investigar mais a fundo. Entretanto, no hospital, ele deixou escapar que tinha um problema com ela, antes que pudesse desviar o assunto.

"Nada, eu estava só brincando…" Ele agachou e amarrou os sapatos.

Confusa, ela observava, sentindo que alguma coisa grande estava acontecendo no relacionamento deles, e que não tinha nada a ver com os planos dela. Será que ela estava exagerando? Quando ele a fitou novamente, ela notou uma sombra em seu olhar, algo que já tinha observado antes. Agitada, cruzou os braços debaixo dos seios.

Dando o último puxão no laço do tênis, ele se levantou e começou a falar. A entonação da voz dele era turbulenta, tal como os sentimentos dela. "Parece que, quando eu sinto algo começando a acontecer entre nós, eu volto a ficar bravo com você."

*"Sinto algo começando a acontecer entre nós…"*

O coração dela, que batia animado, desabou em um abismo quando compreendeu tudo o que ele havia dito.

"Bravo? Comigo?!" Sua voz falhou em descrença.

"É difícil não ficar após descobrir que você escondeu meu filho de mim por quase cinco anos."

A acusação doeu mais do que um tapa, e ela gritou: "Pensei que você ficaria bravo se soubesse! Achei que você pensaria que eu era uma… uma oportunista!" Ao notar que o olhar dele continuava turbulento e cheio de censura, ela acrescentou: "Você estava com tanto medo de ser prejudicado que exigiu que eu assinasse um… um contrato para fazer sexo!"

"Aquele pedaço de papel não tem nada a ver com isso! Isso é sobre o fato de eu nunca ficar sabendo que eu tinha um filho, se ele não tivesse feito essa cirurgia!" Ele aumentou a fúria em sua voz, se equiparando à dela, e terminou a frase com um suspiro injuriado.

Ela se sentiu culpada. A primeira coisa que fez quando chegou em casa foi tirar o sapato desconfortável e que gritava sexo, mas agora, teimosa, ela pisava firme para se defender das acusações.

"Você não queria ter ficado sabendo. Todas as vezes que te liguei são a prova disso!" A lembrança da ligação que ele finalmente atendeu, abriu uma comporta, fazendo com que tudo viesse à tona… a forma como

147

alguns insultos e desligar o celular na cara dela fizeram com que se sentisse um lixo.

"Eu não teria explodido daquela forma com você, se você tivesse me explicado isso." Agachou-se e pegou as minúsculas muletas para enfatizar.

"Você nem me deu chance. E se você não acreditou no que eu estava te falando, sobre o Tristan ser seu filho, então falar sobre todo o resto era um pouco controverso, não acha?"

Seguindo pelo corredor, ele parou no quarto do Tristan, silenciosamente posicionando as muletas próximas à cama. Ela o seguiu de forma automática e ficou a alguns passos para trás, enquanto ele ajeitava os cobertores mais para cima, cobrindo o corpinho do Tristan e passando a mão com carinho em seu cabelo. Fechando a porta sem fazer barulho, ele caminhou atrás dela até voltar para a sala.

Uma vez que estavam a uma distância segura e que Tristan não pudesse ouvir, ele falou: "Eu já te disse. Sinto muito por aquela ligação. Você precisa entender, de uma forma ou de outra, passei a vida inteira sob os holofotes. E quando sua vida é assim, sempre tem alguém querendo alguma coisa. Você descobre que pode confiar em pouquíssimas pessoas. Tudo o que eu posso fazer agora é pedir desculpas e tentar me redimir. Mas você age como se o seu papel nisso tudo não importasse."

Provocar sua memória era outra história. Lembrar-se dos cinco meses que passou grávida, deitada no sofá, querendo contar para ele o segredo que ele tanto requisitava e fantasiando em criar uma família com ele... não apenas ter um filho dele.

"Eu não podia ter te contado." Empurrando as palavras pelos dentes cerrados, ela tentou fazer com que ele entendesse. "Você é famoso, porra…"

"Nada muda o fato de eu ser pai. E de que eu tinha o direito de saber."

"Tá bom! Tá bom. Sinto muito. Se eu agi errado, e você queria ter feito parte disso por todos esses anos, eu sinto muito." Ela não conseguia olhá-lo nos olhos, consciente de que era uma desculpa deslavada.

Em vez disso, fixou o olhar na estante, onde avistou o livro do bebê com registros dos momentos marcantes do Tristan no topo do monte de livros, e não misturado no meio deles. Era óbvio que Jack tinha folheado, buscando ter ciência das coisas que não viu a partir das anotações de outra pessoa.

"Droga, Marissa!" A mesinha de centro estava entre eles, e ele contornou o móvel para ficar à frente dela. "Eu não sei se era isso que eu queria. A questão é que eu não tive a chance de descobrir. Eu sei que, quando diz respeito a uma criança, independente de querer ou não, eu teria agido com responsabilidade. E uma coisa eu sei, eu queria você…"

Ele se aproximou para beijá-la, mas ela se afastou, confusa pela mudança emocional. As mãos dele foram insistentes e seguraram a parte superior dos braços dela, segurando-a no lugar para tentar mais uma vez. Desviar a cabeça fez com que ele acabasse beijando um dos pontos sensíveis do seu pescoço, e não demorou muito para que ela cedesse. Bem na hora que ela começou a se perder no beijo, ele se endireitou. Quando ela se aproximou dele na tentativa de roubar mais um daqueles beijos maravilhosos, ele se afastou, decidido. Do mesmo jeito que tinha feito antes!

149

Furiosa, ela reclamou: "Isso não é justo! Eu não tinha terminado."

Lançando um sorriso convencido, ele subiu o zíper do blusão. "Te ligo amanhã, antes de vir pra cá. Posso pegar uma pizza no caminho?"

"É melhor ligar mesmo", ela concordou com má vontade.

"Por quê? Você vai a algum lugar?" Seu tom era sutil e de brincadeira, levemente divertido por ela estar brava. Ignorando-o, ela recolheu seus sapatos do chão e apagou a luz, se preparando para ir para a cama. A caminho da porta, ele a lembrou: "E não se esqueça, se Tristan estiver disposto, nós três vamos sair. Ele disse que talvez queira ir ao cinema."

Toda essa provação era um enigma. Independentemente do quão irritada com Jack ela estava, de agora em diante, independente do que acontecer, ela sempre teria que considerar o Tristan.

Então caiu a ficha. Jack faria parte da sua vida para sempre. Ainda seria determinado se seu papel seria de amante ou de ex. *Meu Deus*. Ela não conseguia nem pensar em manter contato com ele, muito menos em não poder tocá-lo.

Segurando a porta, ela observou as costas largas se afastarem pelas sombras da noite. Após entrar no carro, ele olhou para ela quando o motor começou a roncar. Segurando a vontade de acenar, ela fechou e trancou a porta, lutando contra a onda de solidão que a atingiu enquanto o ruído se afastava.

Essa nova faceta do Jack, que ficou à mostra essa noite, era tão provocativa quanto ridícula. Ela estava furiosa na mesma proporção em que o desejava.

# CAPÍTULO 19

Nl a tarde do dia seguinte, eles estavam sentados em uma fileira de poltronas almofadadas, esperando, impacientes, o início da mais nova sensação da Pixar. Tristan segurava no colo um pote de pipoca tamanho família. Ele estava sentado entre eles, e na maior parte do tempo deu atenção ao Jack. A iluminação diminuiu, e em vez de assistir aos trailers das próximas atrações, ela observou o pai e o filho sem que eles notassem.

Jack vestia uma roupa discreta, com o cabelo e braços ocultos pelo blusão, que ele tirou assim que as luzes se apagaram. Tristan traçou a arte no braço do Jack, passando seu dedo minúsculo por cima da guitarra colorida e das notas musicais. Ele parecia bem à vontade, e ela teve que aceitar que, ao sair ontem à noite, perdeu o momento em que Jack tirou o blusão revelando os braços. Ela adoraria ter visto a expressão no rosto do Tristan e ouvido as perguntas que ele deve ter feito.

Quando os créditos começaram a subir, Jack sugeriu um restaurante, mas Tristan queria passar em um *delivery* e comer em casa.

"Você está sentindo dor, cara?", Jack questionou, analisando com ansiedade o seu menino. Quando Tristan meneou a cabeça, declarando que apenas queria comer em casa, Jack não insistiu no assunto. Entretanto, ele olhou de relance para ela com semblante triste e compreensivo. Tristan sentia vergonha de usar muletas. Ele só aceitou ir ao cinema porque estava ansioso por assistir aos seus personagens favoritos na telona.

QUANDO CHEGARAM EM CASA, eles devoraram os super tacos, enquanto assistiam a outro filme, dessa vez da coleção do Tristan. Como ele já tinha visto umas doze vezes, não deu trabalho quando ela o chamou para tomar banho no meio do filme. Após colocá-lo na banheira, junto com os carrinhos da Hot Wheels e as bolhas coloridas que colocou como um agrado extra, ela conferiu o termostato, para ter certeza de que o ar-condicionado não resfriaria a água, e saiu do banheiro deixando a porta entreaberta.

Ela hesitou no final do corredor ao notar Jack esparramado no sofá. Assim como ontem, parecia que ele já tinha ocupado aquele lugar mais de cem vezes. Apesar das faíscas de raiva que surgiram entre eles na noite anterior, outro tipo de faísca se acendeu entre eles durante o dia todo. O clima de paquera tinha sido tão exaltado, que até Tristan, uma criança inocente e desatenta, havia percebido algumas vezes.

Jack lançava indiretas de forma ágil, e, após ter sido pega de surpresa e ficado sem palavras nas duas primeiras insinuações, ela conseguiu retrucar na mesma moeda.

No cinema, ele abriu a porta e segurou para o Tristan e ela passarem. Ele descansou a mão nas suas costas enquanto os seguia... uma das mãos que, acidentalmente, roçou seu traseiro, quando ele a desceu para pagar pelas bebidas. Enquanto eles assistiam ao filme, ele esticou o braço por cima do encosto da poltrona do Tristan, tocando o ombro dela com os dedos, acariciando seu pescoço e brincando com seu cabelo.

Agora, barulho de água espirrando e murmúrios alegres ecoavam do banheiro. O filho deles estava ocupado, e antes que pudesse se conter e não ceder ao impulso, ela se deixou levar. Ignorando o olhar perplexo de Jack ao vê-la se aproximando rapidamente, ela se jogou no sofá. Ela montou nele, primeiro com um joelho, depois outro. Usando o peso do seu corpo para contê-lo, ela fechou suas duas mãos na parte superior dos braços dele.

"Humm, Mariss, o que você está..." Dando sequência ao dia surreal em que ela teve a sensação de que eles eram um casal, uma família, ela não permitiu que a entonação rouca e sensual que vibrava de suas palavras a desanimasse.

"Dando o troco." Sem demora, ela falou contra os seus lábios.

Traçou seus lábios com a língua, provocando os cantos, e com dentes, puxou seu lábio inferior. Uma vibração profunda vinda de sua garganta fez com que ela aprofundasse o beijo, e ele não se impôs, participando

153

sem assumir o controle. Tomar as rédeas era divertido e intenso, e ela continuou beijando, fitando aqueles olhos escuros sempre que se abriam ao mesmo tempo.

Quando conseguiu falar, ela brincou: "Você se divertiu sozinho ontem à noite?"

Ele arregalou os olhos, surpreso, mas não perdeu tempo em responder sua brincadeira. "Sim. Me diverti. Eu disse, minha imaginação é muito boa." Analisando sua expressão de forma fulminante, ele retrucou em seguida: "E você?"

"Eu o quê?" Sua indagação confusa foi abafada por mais um beijo. *Uma delícia.* A língua dele era uma delícia... "Humm…"

Os músculos dos braços dele se contraíram involuntariamente quando ela se afastou da sua boca para saborear a base do seu pescoço, e, por instinto, pensando nas provocações da noite anterior, ela agiu rápido, roçando os lábios na sua áspera mandíbula enquanto ele falava.

"Você retomou de onde paramos? Mariss?"

Indignada, ela se endireitou e apoiou o peso de seu corpo nas mãos. "Eu fui dormir!"

"Nossa! Isso foi frio…", ele resmungou e desceu o olhar, desejando seus lábios.

"Você é frio." Sua resposta era uma reprovação, mas não poderia recusar o beijo que ele queria, então voltou sua boca na dele.

"Eu me sinto quente…" O sussurro abriu os seus lábios, e a língua dela aproveitou a oportunidade para assaltá-lo mais uma vez.

Isso começou como uma brincadeira para deixá-lo querendo mais, como ele fez com ela na noite passada, mas se afastar estava se tornando impossível. Quando ela conseguiu fazê-lo, sussurrou brincando: "Boa noite, Jack." Sentiu a contração nos bíceps sob suas mãos. O olhar divertido e o reflexo imediato do corpo dele fez com que ela pensasse duas vezes na lógica do seu plano.

Independentemente do quão rápido ela conseguisse se afastar e tentasse se livrar, os reflexos dele seriam mais rápidos. Isso era confirmado pelo brilho irônico que ele exibia no olhar enquanto avaliava a situação.

Com um suspiro de derrota, ela disse: "Você vai me agarrar, não vai?"

"Com certeza", replicou, suave e rouco, com um sorriso malicioso preenchendo seu rosto, muito parecido com o de Tristan quando ele passou gel no pelo da Bally, deixando-o cheio de pontas.

Ela escolheu aquele exato momento, com esperança de que ele não pensasse que ela fosse escapar, e usou as mãos como base para se levantar do sofá.

Com reflexos ágeis como um tigre, ele conseguiu segurá-la no segundo em que ela desistiu. Como um crocodilo, ele rolou, aprisionando-a entre ele e as costas do sofá. Ele a prendeu com firmeza, e ao roubar um beijo, envolveu uma perna por cima dela, o suficiente para continuar rolando, até ele ficar em cima. Seu coração batia selvagem em suas costelas. Respirando com dificuldade devido ao esforço, ela perdeu o ar quando ele continuou beijando-a.

"Deixe-me levantar…" Ela moveu a boca o suficiente para falar e, relutante em perder o equilíbrio, se apoiou contra ele.

"Não… ahn ahn…", ele falou em seu ouvido. Pegando o lóbulo da orelha entre os dentes, ele provocou com a língua.

"Humm… Agora entendo por que você usa um contrato de consentimento para o sexo…" Suas palavras eram descaradas e suaves, mas fizeram com que ele levantasse o rosto e olhasse para ela.

"Mariss, minha querida, será que você pode calar a boca sobre aquele papel…"

*"Minha querida."* Ele parecia ter pronunciado com tanto carinho que ela fitou o seu rosto.

Tristan riu enquanto brincava e o som alto ecoou pelas paredes azulejadas do banheiro, quebrando o feitiço e estourando a bolha em que eles se encontravam. Jack se moveu com má-vontade. Ao se sentar, ele encarou pensativo uma sombra que manchava o vidro de uma lâmpada, e quando voltou a falar, não falou o que ela esperava escutar.

"Há alguns anos, uma garota alegou estupro. Acabou que dinheiro fez com que tudo fosse esquecido. Ela aceitou a primeira oferta miserável." Ao ver sua expressão, ele rapidamente garantiu: "Não fiz isso. Eu juro."

"Eu sei…" Ela tinha certeza disso ao fitar seu semblante assustado. Jack era persistente e brincalhão, mas possuía autocontrole, como ela tinha percebido na noite anterior, do jeito mais difícil. Ele era um cretino, mas não era um estuprador.

Fitando seu olhar, ele continuou: "Acho que esse foi o motivo por eu ter agido daquele jeito no telefone. Quando você me contou que tinha ficado grávida, senti como se fosse passar por extorsão mais uma vez."

"Eu sabia que você se sentiria assim." Ela tentou explicar na noite anterior, e agora, usando as mesmas palavras, ela esperava que ele entendesse. "Foi por isso que não te contei quando aconteceu."

"Eu sei."

"Sinto muito, Jack. Você tem razão. A decisão não era minha." Ela levantou os dedos até o rosto dele e traçou a leve barba por fazer, a qual havia sentido resvalar seus lábios e seu rosto.

Ele a beijou demonstrando carinho, afeto e perdão; ao passo em que ela retribuiu acreditando, confiando e ardendo de amor.

*Amor?* Não se tratava de uma pergunta, mesmo que a palavra fosse novidade quando ela pensava nele. Em suas fantasias, ela sempre foi apaixonada por Jack Storm.

Tristan brincava fazendo barulho no banheiro, e ela sabia que a água do banho estava esfriando. Ela e Jack brincaram com fervor, com mãos e lábios passeando, até ela ficar tão quente que estava delirando.

"Posso colocar mais bolhas?" A voz do filho deles ressoou pelo corredor.

# CAPÍTULO 20

Jack estava beijando dentro da blusinha desabotoada, e o local, intumescido devido ao calor de sua boca, permaneceu quente mesmo após sentir o ar frio. Na mesma hora ele o envolveu com a mão quente, dando início a outro jogo ao levar seus lábios de volta aos dela.

"Então, quando o Tristan precisa tomar a próxima dose de Tylenol?"

"Por quê?", ela deu um jeito de responder, mesmo sentindo a pressão de seus dedos.

"Você sabe o porquê…", ele respondeu com um sussurro suave em seu ouvido, desencadeando um arrepio.

"Achei que você gostasse de se divertir sozinho", ela provocou descarada, ainda se sentindo menosprezada pela reação dele na noite anterior, indiferente a tudo o que estava acontecendo hoje.

"Inferno!", ele rosnou de imediato, fazendo-a sorrir.

"Você foi um canalha por ter feito aquilo ontem…" As palavras dela eram leves e sutis, mesmo

tendo usado um xingamento na frase, mas ele não estava mais brincando.

Ficou imóvel e prendeu os olhos nela. "Não, você que foi. O que fez ontem à noite foi uma sacanagem sem escrúpulos."

Agora sim. Ele estava bravo pelo que aconteceu ontem. Talvez ele tenha tentado entender após ela ter saído de casa, ou talvez ele nunca tenha aceitado. No fundo, ele estava bravo.

"Você está se referindo a eu ter saído? Pensei que você não se importaria…"

"Não. Você estava me testando, para ver se eu me importava. Pelo menos foi isso que eu senti. E eu me importo." Ele tirou o peso de cima dela e se encostou na parte de trás do sofá. "Você tem ideia do quanto foi difícil brincar com nosso filho enquanto você saía com um babaca qualquer, fingindo que não tinha nada errado?"

O olhar dele, que ardia de desejo alguns minutos atrás, agora ardia em fúria, e ela pensou quieta na tentativa fracassada do seu plano na noite anterior. Parecia que tinha dado mais certo do que ela esperava. Ela não gostava de vê-lo bravo com ela, mas, mesmo assim, era um deleite que ele estivesse.

Incerta de como agir a partir de agora, deixou que seus sentimentos a guiassem.

"Provavelmente foi tão desagradável quanto eu me senti." Seu murmúrio foi nítido o suficiente para que ele ouvisse.

"Sobre o que você está falando?"

"Sobre você aproveitar as festas em LA enquanto eu fico aqui cuidando do seu filho que está em recuperação." Essas palavras faziam parte do plano, em algum momento, e proferi-las desestabilizou a sua voz. Dizê-las em voz alta também a envergonhava. Eles eram apenas um casal de pais unidos pelas circunstâncias, e ela estava agindo como se eles fossem um casal em um relacionamento. Humilhada devido à sua explosão, ela estava prestes a desviar o olhar quando percebeu uma mudança no semblante dele.

"Mamãe, mã, mã… maaaamãe!" No fundo do corredor, os rosnados começaram.

O olhar firme de Jack estava fixo em seu rosto, e ele negou, incrédulo, "Eu não estava!"

A exclamação indignada fez com que ela refletisse sobre a foto que viu na internet, e o que ela representava. "Parecia que você estava. Desfilando com sua ex!"

"Minha ex?"

"A 'lingerina'." Quando ele continuou tentando entender a palavra inventada, ela bufou com a mesma arrogância que Tristan demonstrava quando precisava se explicar. "A modelo da grife de lingerie!"

Ele começou a rir na mesma hora, e tão rápido quanto começou, sua alegria se dissipou. Ele analisou em silêncio a expressão de incômodo no rosto dela, e ela se esforçou para relaxar seus músculos. Ela não tinha certeza do porquê estava se sentindo assim, e com certeza não queria que ele se interessasse em suas reações confusas.

Observando-a abotoar a blusa, ele comentou: "Eu não estou namorando com ela, nunca namorei."

"Mamãe!" Tristan tinha parado de cantarolar, então ela sabia que a água havia esfriado e as bolhas, evaporado.

Descendo os pés do sofá, ela correu até o banheiro, envolveu seu corpo delicado em uma toalha e ajudou-o com o pijama. Levando-o para a cama, ela prometeu que deixaria Bally entrar e que Jack iria lá desejar boa noite. Contudo, não seria simples retomar a conversa com o Jack.

"Mãe, eu posso comer um lanchinho?"

Contendo sua irritação no momento, ela respondeu: "É claro, querido." E uma grande dose de Tylenol, ela divagou. Porque, independente de como terminasse a discussão com o Jack, ela colocaria a fase dois em prática. Disso ela tinha certeza.

A fase dois se tratava de *S... E... X...*

"Mãe? Eu posso comer um lanchinho, né?"

*O.*

"Você quer comer no seu quarto e assistir TV?"

"Eu quero comer com o Jack e assistir TV."

"O que você quer comer de lanche?" Enquanto seguia o pequeno, que se movimentava usando as muletas até a sala, ela fitou os olhos do Jack, que ele se levantou e começou a tirar os sapatos e brinquedos do caminho que levava à poltrona de Tristan.

"Ei, rapazinho. Eu estava pensando em laranja. Você quer uma?"

Tristan assentiu, e ao mesmo tempo em que recolhia o lixo proveniente dos tacos, ela observou espantada quando Jack foi até a cozinha, retornando com um papel toalha e pedaços cortados e descascados de laranja.

Eles foram para a cozinha após colocarem o menino na cama e lerem uma história para ele, que desmaiou após uma dose de Tylenol.

Mais uma vez, ela observou fascinada a familiaridade que ele demonstrava com a localização dos utensílios e alimentos na cozinha. Pegando bebidas alcoólicas na parte de cima da geladeira, ele começou a fazer um drinque. Ele questionou muitas outras coisas a respeito das limitações físicas do Tristan e ponderou quanto tempo levaria para que tudo isso ficasse no passado.

Quando tudo ficou em silêncio, curiosa, ela o observou dividir o conteúdo de uma das caixas de suco do Tristan nos copos com suco de laranja e vodca.

"Não faça pouco caso até provar." Exibindo as delicadas covinhas que faziam sua barriga se agitar, ele passou a batida para ela. Sorvendo um grande gole do seu copo, ele se virou e encostou a lateral do quadril no balcão, na mesma posição que ficou no ônibus da turnê e que ela lembrava tão bem. Indicando o seu drinque com um aceno de cabeça, ele a interrogou: "Tudo bem?"

Sem opção, ela sorveu um gole e assentiu, surpresa.

Na mesma hora, os olhos escuros fitaram o movimento da sua garganta, e, se sentindo incitada pela atenção, ela inclinou o copo para tomar mais um pouco.

Um silêncio confortável se seguiu, até que ele se aventurou. "Mariss, eu nunca namorei com ela."

Observando a sinceridade em seus olhos, ela retrucou: "Isso não é o que o Perez Hilton afirma." Embora ela tenha saído do famoso blog e acessado outro site de fofoca, ela usou o nome de que se lembrou para comprovar seu argumento.

Como se fosse possível, o semblante dele estava estupefato, da mesma forma que ficou quando ela

trouxe à tona a suposta ex. "Você fica me procurando pela internet?"

"Só uma vez. Na outra noite. E para de ficar me olhando desse jeito!" A última parte ela gritou, já que ele parecia estar se divertindo muito com essa nova revelação.

Ele deu dois passos e parou à frente dela. "O nome dela é Randi Gavin. Somos amigos. Eu a acompanho nas campanhas publicitárias dela, e ela me acompanha nas minhas. Alguns desses eventos são planejados com meses de antecedência e exigem RSVP bem mais cedo, para verificarem os antecedentes dos convidados. É mais fácil levar alguém que já está cadastrado." Ele interrompeu a fala para sorver um pouco a bebida e continuou, irônico: "Além disso, aprendi da maneira mais difícil. A pessoa com quem estou ficando pode não ser a mesma quando chegar a data do evento. E é horrível ficar preso a alguém que você não suporta mais ou ter que ir sozinho."

"Vocês nunca foram mais que amigos?", em dúvida, ela perguntou como se tivesse o direito de ser tão indiscreta, mas ele parecia não se importar.

"Não."

"Você nunca transou com ela?" Por que ela não calava a boca?

"Eu já disse que somos amigos. É só isso", ele se esquivou da pergunta de forma hábil.

"Você transou com ela." Ela assentiu, concluindo.

"Marissa, por que isso importa?"

"Você transou com ela."

"Como amigo. Umas duas vezes. Mas já faz muito tempo." Um traço de compreensão passou pelo seu rosto. "Por isso que você teve um encontro ontem à noite?"

"Não exatamente", ela comentou, sem querer que ele percebesse o quanto estava afetada por ele. "Olivia tentou fazer com que a gente saísse há um tempo. E eu disse que iria, após a cirurgia do Tristan."

"E depois desse tempo todo esperando, o encontro precisava ser no final de semana que eu viria?"

"Bem, não. Mas você estava vindo para visitar o Tristan…"

"E você", ele interrompeu antes que ela pudesse dar sequência à encenação.

"*E você.*"

Duas palavras, e até mesmo três palavras, nunca tinham a deixado tão feliz.

Ele pegou o copo dela, empurrou de lado, junto ao dele, e colocou as mãos no seu quadril, puxando-a para perto. A mão que se embrenhava por baixo da sua blusa estava gelada por ter segurado o drinque, mas rapidamente se esquentou contra o calor da sua pele. Ávida, ela não conseguia parar de beijá-lo, e se encontrou quase pendurada nele na tentativa de ficar ainda mais perto.

Ele espalmou a mão nas costas dela e grudou seu corpo ao dela. Aqui começava a fase dois, ou melhor, começaria no final do corredor. Ao pensar no seu quarto, parte da sua sanidade voltou à tona. Cinco anos atrás, eles tinham ficado só por ficar. Hoje à noite? Dessa vez, ela tinha esquematizado o sexo como parte de um plano maligno. Um plano que não era a primeira vez que soava estranho e errado.

"Jack?" Ela embrenhou uma das mãos entre eles, e quando ele se afastou o suficiente, deixando que ela

visse seu semblante de questionamento, ela inspirou tomando coragem. "Você não está ficando com ninguém?"

Milhões de emoções passaram pelo rosto dele, e uma delas parecia ser aborrecimento. "Achei que tínhamos acabado de esclarecer isso?"

"Você disse que não estava ficando com a Miranda."

Um silêncio constrangedor caiu sobre eles, e ele aparentava estar exasperado com essa linha de indagações ou com as interrupções.

E então, ela brincou: "Já ouvi sobre a fama dos *rock stars*. Eles têm uma mulher em cada cidade! Eu só não quero ser a sua garota da costa do golfo."

"O que você está me perguntando, Marissa?"

*Ah, inferno. O que ela estava perguntando? Ela estava tentando definir o relacionamento deles aqui e agora? Essa não seria a maneira mais rápida de assustar e afastar alguém como ele? Ela era uma idiota!*

"Não estou perguntando nada", ela tentou salvar um pouco da sua humildade. "Só não quero continuar o que estamos fazendo se você tiver uma namorada. É errado."

Ele pegou seu copo e tomou até a última gota. Definitivamente, ela tinha acabado com o clima, e agora estava arrependida. Ela estava prestes a beber, celebrando sua própria estupidez, quando ele se abaixou ficando de frente para ela, e falou contra seus lábios.

"Eu não estou ficando com ninguém. Nenhuma mulher, em nenhuma cidade. Ninguém." Os lábios dele resvalaram os dela quando ele falou, e ele olhou profundamente em seus olhos. "Tem mais alguma coisa que você precisa esclarecer aqui na cozinha, antes de irmos para o quarto e foder como se tivesse passado cinco anos desde a última vez?"

Hipnotizada por suas palavras e aquecida por seu olhar, a única coisa que ela conseguiu fazer foi menear a cabeça de leve.

"Você quer que eu assine alguma coisa?", ele pressionou, enquanto plantava um beijo em sua boca. Quando ela sorriu por causa da piada, ele fez o mesmo.

Um toque entre suas línguas fez com que a temperatura subisse rápido, e em segundos, o que tinha acabado de acontecer foi esquecido, como se ela nunca tivesse interrompido o momento.

Quando ele a levantou contra ele, ela envolveu suas pernas ao seu redor, entrelaçando-as enquanto passava em frente ao outro cômodo e entrava no quarto dela. Ele deve ter se lembrado da disposição dos móveis que viu na noite anterior, já que, mesmo no escuro, foi direto para a cama e posicionou o corpo em cima do dela.

Os dedos dele estavam nos botões da blusinha, e ela se levantou, tirando-a junto ao sutiã, assim que ele terminou de desabotoar. Ele tirou a camiseta na mesma hora, e eles se aproximaram, ansiosos por sentir o contato com a pele. De forma fervorosa, ela passou os dedos em cada músculo, sentindo a pele quente. Os lábios dela deambularam pelos lábios dele, seu pescoço, seu peito, absorvendo e saboreando tudo o que suas mãos estavam sentindo. A reciprocidade dele a levava ao delírio, fazendo-a enlouquecer, quando se deu conta, estava deitada e entregue, enquanto ele saboreava e provocava cada pedaço de pele exposta.

O pouco de sanidade nas profundezas da sua mente fazia com que ela prestasse atenção em qualquer

sinal que indicasse que Tristan estivesse acordado, qualquer ruído das muletas. "Jack", ela ofegou quando ele provocou com a língua. "Tenho que ver se o Tristan está dormindo..."

Ele traçou a língua por toda extensão de pele logo acima do cós-baixo do seu jeans. Os músculos dela se agitavam embaixo da pele úmida, e sua respiração ficou instável. Levantando a cabeça, ela observou o topo da cabeça escura dele, e a visão intensificou o desconforto latejante em seu interior.

"Eu vou. Fique aí." Para enfatizar, ele deslizou o botão do jeans pelo orifício do tecido, baixou o zíper e deu um chupão na pele que tinha acabado de expor. Ele saiu do quarto colocando a camiseta e voltou em um segundo, empurrando a porta para fechá-la totalmente. "Tylenol ataca novamente." Ela foi capaz de ouvir o sorriso em sua voz e o farfalhar de suas roupas enquanto ele as removia. "Posso acender a luz?"

Um segundo após concordar, ela estava piscando por causa da iluminação e se aquecendo ao ver que ele a admirava. Ela correu os olhos no corpo dele, comprido, esguio e com músculos firmes.

Ele voltou para cima dela e sussurrou: "Você continua da mesma forma de que me lembro... E eu me lembro de tudo, Mariss..."

Sussurrou as doces palavras em seu pescoço. "A sua aparência. O seu sabor." Ele pegou a mão dela, passou a língua pela palma e acariciou os dedos, fazendo com que ela arfasse, trazendo de volta memórias vívidas que ela guardava. Lembranças da língua dele em outros lugares, enquanto ele continuava provocando, fazendo-a gemer e incendiando outras partes de maneira insuportável. "Os seus gemidos..."

168

Interrompendo as carícias em sua mão, ele investiu em seus lábios mais uma vez, engolindo o próximo som emitido por sua garganta. Ela desceu as mãos, querendo ouvir os mesmos sons saindo dos lábios dele, e no segundo em que seus dedos se fecharam ao redor do que procurava, foi agraciada com um murmúrio rouco.

Tudo acabou se tornando acelerado; ela não conseguia acompanhar seu próximo toque ou beijo, e seus lábios, língua e mãos não conseguiam se satisfazer. Em algum momento no meio dessa loucura, o restante das roupas foi retirado, e quando os beijos se centralizaram naquelas "outras partes", a realidade se sobrepôs às lembranças e ela precisou abafar o grito com o travesseiro.

Selvagem e suave, firme e intenso, o beijo continuou até que ela, enfraquecida, o puxou pelo cabelo até os seus lábios. Se ela pensou que aquilo era o nirvana, logo se lembrou de que estava errada. Eles se embalaram e rolaram até ela pensar que cada célula do seu corpo iria explodir devido à intensidade, e seu coração entraria em combustão com a emoção.

Ficar com o Jack era tudo aquilo de que ela se lembrava, e ainda mais. A ligação era tanto mental quanto física, e enquanto ela permanecia deitada contra ele, levemente satisfeita, com o filho deles no outro quarto, não conseguiu evitar a sensação de que eles eram destinados a ficar juntos.

*Fase dois. Completa.* Nesse momento, após a intensidade da paixão entre eles, as fases eram apenas um pensamento divertido antes de pegar no sono, deixando de ser um plano.

# CAPÍTULO 21

Acordou com o relógio biológico e ficou absorta nas sombras do quarto, apreciando o som da respiração e a sensação da perna do Jack entrelaçada às dela. Sua respiração era interrompida por alguns roncos baixinhos, o mesmo som de que ela se lembrava do hospital. Embora ela tenha se envolvido com mais de uma dúzia de homens desde o nascimento do Tristan, fazia mais de dez anos que outra pessoa não dormia em sua cama, excluindo seu filho.

Tristan foi o motivo de ela ter acordado, e seu olhar espontaneamente se direcionou à porta, que tinha sido escancarada depois que ela e o Jack tinham terminado e começavam a dormir, para que eles pudessem ouvi-lo. Ela foi de fininho até o banheiro para aliviar sua necessidade, e seu olhar alegre se concentrou nas duas embalagens de preservativo no lixo.

Entrou embaixo de uma ducha de água quente e começou a se ensaboar, e, ao passar a esponja, sentiu que sua pele ainda estava sensível devido à noite anterior. Depois de lavar e passar condicionador no cabelo, vestiu um roupão e voltou ao quarto.

Jack havia se movimentado e estava deitado em diagonal na cama, como se tivesse procurado por ela enquanto dormia... pelo menos era nisso que ela queria acreditar... e agora estava deitado com a cabeça em seu travesseiro.

Sentando na cama devagar, ela cedeu à vontade e passou os dedos pelo cabelo liso e macio, tocou sua pele suave e firme, traçou o braço tatuado, desceu por seu peito, barriga e resistiu, parando bem perto do que ela realmente queria. Inspirando profundamente o seu cheiro, ela contemplou os feixes de luz do nascer do sol que espreitavam pelas frestas da persiana. Incapaz de resistir, pressionou os lábios no calor do seu peito... beijou de novo... e de novo... se aproximando da área que desejava sem pensar no que estava fazendo, até ser recompensada por uma resposta muito consciente.

"Mariss..." Ela estava se tornando viciada na forma como ele enunciava o seu nome. "Mariss, humm..."

"Humm", ela imitou seu murmúrio contra ele, ao redor dele, e saboreou a resposta imediata.

Minutos depois, sua bochecha estava encostada em seu peito, e ele estava balbuciando satisfeito, sobre a melhor forma de acordar de manhã.

Olhando mais uma vez para a janela, ela sussurrou relutante: "Você precisa sair daqui antes que o Tristan acorde."

Completamente desperto, ele levantou a cabeça, e a profundeza sombria de seus olhos procurou os olhos dela. "Certo", ele concordou. E depois: "Espera, você quis dizer sair, ir embora? Ou está tudo bem se eu for pro sofá."

Ele sempre a questionava quando precisava decidir algo que dizia respeito ao Tristan, o que era reconfortante e cativante. Uma de suas mãos acariciava seu cabelo e ela resvalou os lábios em seu braço tatuado quando respondeu: "Para o sofá."

Ela o observou, desanimada e em transe, caminhar até o banheiro, pegar as roupas no chão e se vestir. Colocou a camiseta por último. Depois, pulou na cama e veio para cima dela engatinhando, fazendo-a arrepiar com a trilha de beijos que distribuiu dos seus seios até a garganta.

"Mariss?"

"Humm?"

"Quando você estará pronta para contar pra ele?"

Os músculos dela se enrijeceram enquanto ele falava contra sua pele, e ela o empurrou, precisando ver seus olhos. O quarto ficava mais claro a cada minuto, mas ela não teve pressa em analisar seu semblante de seriedade. No meio da noite, ela tinha acordado entrelaçada ao Jack e divagou fantasiando em contar para o Tristan que Jack era o seu pai. Entretanto, na sua imaginação, eles também comunicavam que estavam casados ou que iriam se casar.

Na sua fantasia, existia um futuro entre os três, sem receio em perder o Tristan para alguma audiência de guarda retardatária.

"Eu não sei…" Passando os dedos no colar pendurado em seu pescoço, ela ponderou e respondeu: "Vamos pensar nisso hoje. Tudo bem?"

Ele deu um último beijo na raiz do seu cabelo e saiu do quarto, puxando a porta com um estalo ao sair.

Agora o sol brilhava, lançando sombras horizontais na parede. Ela fechou os olhos, e embora

eles tenham passado grande parte da noite acordados, não conseguia cair no sono. Ela não sabia o que a noite passada significava no meio desse "papai do bebê/mamãe do bebê" que eles estavam embarcando. Ela só sabia que desejou repetir a dose com o Jack por cinco anos.

Ouviu algo vibrar no criado-mudo e virou a cabeça para ver o que era, e avistou o celular do Jack se iluminar. Determinada, ela ignorou, mas quando vibrou mais uma vez, alguns minutos depois, ela sucumbiu à curiosidade. Com cautela, ela olhou para a escuridão da sala através do vão da porta e analisou as ligações perdidas, ambas da "Randi".

Naquele exato momento, ele recebeu uma mensagem, que ela leu já que estava segurando o celular. Era a "Randi", de novo, e dizia: *"Querido, me conte assim que você ficar sabendo."*

Estava prestes a devolver o celular ao lugar, esticando a mão, quando recebeu uma nova mensagem, dessa vez era "Mãe", perguntando: *"Você já conversou com ela? Mal posso esperar para conhecê-lo. Ligue para sua mãe!"*

Devolvendo o celular ao criado-mudo, como se ele fosse uma cobra perigosa, ela se virou. Após um tempo ponderando confortavelmente, ela ouviu o tinido das muletas do Tristan. Ele parou no banheiro do corredor e em seguida empurrou a porta do quarto dela, abrindo-a.

"Bom dia, Mamãe!"

Recuperando o ânimo, que se esvaiu após ter visto as mensagens, ela respondeu o cumprimento cantarolando, e Tristan perguntou: "Posso dar comida para a Bal... ly?..."

174

Ao notar que ele perdeu a fala, ela se levantou para conferir o motivo de ele estar com os olhos arregalados, e avistou os sapatos e meias do Jack no chão, entre as roupas dela. Ela caiu de volta no travesseiro e colocou a mão no roupão, por garantia, e, desesperada para desviar a atenção, questionou: "O que você quer de café da manhã?"

Tristan decidiu que escolheria um cereal e saiu mancando. Ela vestiu uma calça *legging*, uma bata comprida e o seguiu. Seus pés descalços foram ao encontro do chão frio do corredor, e ela interrompeu seus passos ao avistar Tristan apoiado nas muletas perto do sofá. Jack piscava, se livrando do olhar de sono.

"Você passou a noite aqui?", o menino perguntou, e como Marissa estava atrás dele, não conseguiu ler sua expressão facial. Ela até tentou analisar a entonação da sua voz, mas fracassou.

Jack empurrou o focinho da Bally para longe do seu rosto e se sentou. "Pensei que a gente poderia tomar o café da manhã no McDonalds quando você acordasse."

"Tudo bem." Tristan deu dois passos em direção à cozinha, onde parou, confuso, e repetiu a pergunta. "Mas, você passou a noite aqui?"

Jack olhou para ela, por cima do ombro do Tristan, e ela apenas sorriu como resposta. A persistência do Tristan era uma característica genética que herdou do pai, e era divertido ver Jack recebendo na mesma moeda.

"Na verdade, sim", admitiu Jack. "Ficou muito tarde e pensei que eu e você poderíamos fazer uma surpresa para sua mãe com o café da manhã. Ela ainda está dormindo?", ele questionou com um olhar de

inocência que a teria convencido mesmo se ela não estivesse olhando em seus olhos no exato momento.

"Não, mas ainda podemos fazer uma surpresa para ela." Tristan estava animado com a ideia.

"Tudo bem, rapazinho! Eu vou lá falar para ela que nós estamos saindo para…"

"Comprar papel higiênico!" Um pulo suave acompanhou a resposta exuberante de Tristan.

"Nós vamos? Acabou o papel higiênico?" Jack fez a pergunta do banheiro do corredor, no qual ele não colocava os pés desde a tarde de ontem.

"Não. Mas eu posso esconder." A resposta convicta do Tristan fez com que ela ficasse pasma e surpresa. Talvez ele fosse mais parecido com o pai do que ela gostaria que fosse, ela pensou ao comparar a mentira do papel higiênico com o conteúdo secreto das mensagens no celular, que ela acabou de interceptar.

Disparou até o quarto antes que seu filho descobrisse que ela estava por perto, parou em frente à cômoda e penteou o cabelo, prendendo em um rabo. Ficou esperando até Jack bater na porta e entrar. Ela parou de olhar a imagem feliz e radiante que refletia no espelho e se virou.

"Tristan e eu estamos saindo para comprar papel higiênico."

Ele subiu na cama e vestiu as meias e os sapatos, lançou um sorriso travesso para ela e pegou o celular.

Franzindo a testa de leve, ele parou por um momento, provavelmente respondendo às mensagens, e em seguida guardou o celular no bolso do jeans.

"O que você quer do Mc?", sussurrou no meio de um beijo rápido e ávido.

"Tanto faz. Qualquer coisa que o Tristan escolher pra mim."

"Você está bem?" Passou os dedos por seu pescoço, desde as marcas sutis deixadas pela barba, até os seios, onde a blusinha simples de lycra ocultava as leves lesões deixadas na pele sensível.

Mexendo nos elásticos de cabelo espalhados em cima da cômoda, ela queria exigir explicações sobre aquelas mensagens. Ao mesmo tempo, não queria demonstrar insegurança.

A melhor forma de resolver o problema da guarda, isso se existir, era fazer com que ele se casasse com ela. A única forma de resolver os problemas do seu coração, era fazendo com que ele se apaixonasse por ela.

"Sim", respondeu com naturalidade, olhando em seus olhos através do espelho. "Eu estava só pensando em algumas coisas. Nós precisamos conversar."

"Tá bom. Sobre o quê?"

"Só umas coisas. Podemos esperar."

"Tudo bem, se você tem certeza." Ele se foi após um abraço carinhoso e demorado, e uma parte dela ficou imaginando se ele ficaria ansioso por saber o que o esperava. Na verdade, isso a daria tempo para controlar suas emoções.

"ENTÃO, VOCÊ QUER mesmo conversar?" Jack diminuiu a distância entre eles no sofá, mais tarde naquele mesmo dia, assim que Tristan começou a dormir no quarto dele.

"Não quando você chega desse jeito!" Ela abriu um sorriso próximo ao cabelo dele, e quando eles foram

para o quarto, ela adiou a conversa para dali uma meia hora ou um pouco mais.

Sentir Jack dentro dela se tornou um vício logo depois da primeira vez, e agora, após ter repetido a dose com frequência, ela sabia que corria o risco de se tornar uma louca viciada em sexo com ele.

Eles ficaram quietos ao terminar, e ela pensou que ele poderia estar dormindo, até ele falar: "Eu preciso falar com você, mas você pode falar primeiro." Os dedos dele roçavam com gentileza a cicatriz da cesárea.

Afastando-se da mão dele, ela se virou e alcançou um copo de chá gelado que tinha trazido para o quarto. Após umedecer a garganta seca e ceder ao prazer do açúcar, ela soltou: "Preciso agendar o teste de paternidade e fiquei pensando em quantos dias você ainda ficará aqui. Não que você tenha que estar aqui para fazê-lo. Mas porque eu não quero agendar enquanto você estiver aqui. E tem que ser feito até…"

"Teste de paternidade?" Apoiando o corpo em um cotovelo, ele tirou o cabelo do rosto.

"Eu tenho que fazer, já que descontei o cheque, certo?"

"O quê?" Ele parecia confuso de verdade, e não estava incomodado com algo que ela pensava umas dezenove vezes por dia, o que a irritou.

Escorregando para fora da cama, ela seguiu até a cômoda, abriu uma gaveta, e retirou de lá o temível envelope. Ela jogou no colo dele os papéis, com as longas imposições jurídicas, continuou andando e se fechou no banheiro.

Quando saiu de lá vestida, ele também tinha colocado sua roupa, deixando de lado a camiseta e os sapatos. Os papéis estavam abandonados em cima da cama, ao lado dele.

Ele olhou para ela com carinho. "Você sabe que isso foi antes…"

*Antes de ele ter visto com seus próprios olhos que Tristan era dele? Ou antes de eles terem caído juntos na cama?*

Indo até a porta, ela a abriu, para poder escutar o corredor com facilidade. "Antes do quê?" Ela andava de um lado para o outro no quarto e, quando chegou perto, ele pegou a sua mão.

"Eu me lembro de ter assinado essa carta. Mas depois disso, tentei te ligar para descobrir quando estava marcada a cirurgia. Se Tristan fosse meu…" Ele desacelerou ao observar algo nos olhos dela, e continuou com cuidado: "… eu estava começando a sentir que era, caso contrário você não teria ligado, né? Eu queria estar por perto durante a cirurgia, para garantir que ele não precisaria de nada. Eu só queria estar lá. De qualquer forma, como já te disse no hospital, pedi que meu advogado descobrisse os detalhes da cirurgia e, desde então, não pensei mais sobre isso." Ele sacudiu os papéis. "Nenhuma vez."

"E então?" Com a resposta sarcástica, ela pegou os papéis que pesavam no seu coração e na sua cabeça. Os papéis nos quais ele não tinha pensado "nenhuma vez". "Isso não muda o fato de que eu tenho que fazer, certo? Que Tristan tem que fazer?"

A última parte da sua fala foi um adendo, uma correção, quando ela pensou pela centésima vez sobre o teste, o qual Tristan nem saberia que era uma afronta… um teste realizado em crianças porque o pai estava relutante em aceitar a paternidade.

"Não, Mariss, querida." Os olhos dele estavam tão carinhosos quanto sua fala. "Vou resolver isso. Vai ser a primeira coisa que vou fazer de manhã", ele prometeu fazer na segunda-feira.

"Então…" Dessa vez, ela hesitou quando começou a falar, e parou para pensar se ousaria dizer a outra tormenta na sua alma… as palavras daquela carta que lhe deixaram apavorada. "Então, você vai querer a guarda ou não?"

Ele se levantou e foi até a cadeira onde sua camiseta estava pendurada, e ela tentou não encarar a arte nos seus braços e nos vigorosos ombros, que preenchiam o tecido de algodão. Incapaz de aceitar a hesitação deliberada, ela se levantou, e com um leve movimento do queixo, o fuzilou com o olhar.

Este homem havia amado o seu corpo inteiro. Será que agora ele iria cometer um ato odioso e brigar com ela pela única coisa, fora ele, que significava tudo para ela?

"Jack?"

"Eu perdi cinco anos da vida dele. E foram anos difíceis pra ele. Eu não estive presente pelo que ele passou. Tenho que compensar muita coisa."

As palavras dele poderiam ser pedras, pois a cada golpe, ela tremulava de dor, o peso fazendo com que ela voltasse a se sentar na cama.

"Você é uma ótima mãe." As palavras dele eram delicadas. "E sei que minha vida provavelmente não é a melhor para ele." Antes que ela pudesse respirar com mais facilidade, ele continuou: "Com certeza, eu mudaria o que estou fazendo. Pararia as turnês. Eu já estava no processo de fazer grandes mudanças na música, de qualquer forma. Essas reuniões são sobre isso."

O celular dela começou a tocar com a gravação que Clayton tinha feito um dia no almoço, em que cantava com uma voz maluca "Missy, me atenda". Jack fuzilou o aparelho. Ela ignorou o toque, como se não tivesse acontecido, e insistiu: "O que você está querendo dizer?"

Ele desviou o olhar, que estava no celular, e fitou seus olhos, demonstrado simpatia e um pouco de determinação nas profundezas escuras. "Quero dizer que ainda não sei. Acho que quero dizer que não desejo estar distante do meu filho por seis estados. E ainda estou tentando entender o que fazer quanto a isso."

Ela sentiu sua respiração sufocada por um segundo, e procurou manter o equilíbrio. Talvez isso não fosse tão sinistro quanto parecia. Era de se esperar que ele fosse querer passar um tempo… talvez, finais de semana e feriados. Ela se lembrou da sua própria infância.

A outra hipótese, guarda compartilhada, acabaria com ela, mas se acontecesse, ela estava começando a perceber que ele seria um pai excelente. Já sobre a guarda total, ela não era capaz de pensar sem surtar.

"O que seria, então? Feriados?" Analisando o semblante sério, ela insistiu, procurando esclarecimento. "Guarda compartilhada?"

Finalmente, ele respondeu, mas era a última coisa que ela queria ter ouvido: "Quero mais que isso. Muito tempo foi desperdiçado. Eu quero tudo…"

"Nãão!" A palavra saiu como um rugido da boca dela, como se tivesse mais de uma sílaba, e sentiu como se fosse vomitar. "Não."

Ela queria gritar todos os palavrões que conhecia e chamá-lo pelos piores nomes possíveis. Ela queria chorar. Ela queria pegar o Tristan e sair correndo. Ao contrário, uma súplica saiu dos lábios inchados pelos beijos. "Não faça isso…"

"Escuta…" Antes que ela pudesse piscar, ele tinha atravessado o quarto e ajoelhado ao seu lado, mas quanto mais ela sofria, mais fechado se tornava o seu coração.

Como ele pôde demonstrar uma paixão tão ardente e manter um esquema fervilhando em banho-maria? Ele não havia se importado com ela, e se tinha capacidade de ser tão frio assim, nunca se importaria.

*Você conversou com ela? Mal posso esperar para conhecê-lo.*" A mensagem surgiu em sua mente. Ela supôs que ele tinha acabado de "conversar". E a outra mensagem, da linda Leanna Miranda Gavin, *"Querido, querido, querido…"*.

*NÓS transamos como amigos*? Ela não conseguiu evitar pensar assim. Isso era tudo de que o Jack era capaz? *E se Miranda ocultasse seus sentimentos por ele?*

Terceira fase: "Fazer com que o Jack me queira o quanto eu o quero." Fracasso épico.

Colocando o máximo de distância possível entre eles, ela ameaçou: "Vou lutar contra isso. Eu posso não ter dinheiro. Mas não se esqueça, eu sei algumas coisas."

"O que você sabe?" Ele se levantou, parecendo abatido e ao mesmo tempo achando graça, como se isso fosse um jogo de palavras entre eles. Ela desafiou, levantando as sobrancelhas. "Que eu passo a maioria das noites em casa com o meu cachorro? Que sempre que posso fico com a minha família? Uma família estável, devo acrescentar. Pais que são amados pelo público e estão casados por mais da metade da vida deles. Uma avó que não deixou de ir à igreja por vinte anos. Uma

182

irmã que é a mais nova sensação na comunidade surfista, um tio e um avô que…"

"Você tem uma acusação de estupro que nunca foi resolvida!", interrompendo os elogios, ela soltou sua ameaça.

.

# CAPÍTULO 22

Ele fez uma expressão de espanto, talvez por ela ter a audácia de dizer isso a ele.

De repente, ela também estranhou que pudesse demonstrar tanto ódio após ter se envolvido em um alto nível de amor e paixão compartilhados entre eles minutos atrás. Uma parte dela ficou enjoada com as palavras maldosas que tinha pronunciado. Isso fazia com que ela fosse tão fria quanto ele? Mesmo assim, racionalizou: estava agindo como uma mãe leoa, protegendo o Tristan com afinco, como se tivesse que pegar um tigre pelo rabo.

"Eu te expliquei isso." Ele parecia magoado por suas palavras, decepcionado com ela e envergonhado por isso fazer parte do seu passado. "Não é verdade, e você disse que sabia disso."

"Você deveria ir embora." Incapaz de olhar para a confusão de emoções no rosto dele, ela se virou. Infelizmente, ela ficou de frente para o espelho e viu o rosto dele sendo tomado pela fúria.

"É sempre assim que você resolve as coisas, não é?", ele provocou com maldade. "Distância"

"Você não sabe nada sobre mim."

"Eu sei como fazer você gritar."

Uma respiração assustada obstruiu sua garganta, e ela batalhou com o olhar, preso em seus olhos escuros desafiadores.

A resposta suave usada com sarcasmo, em vez de sedução, inflamou seu interior e incendiou sua fúria. Era uma confirmação de que ele podia ser íntimo na cama e indiferente fora dela.

Enquanto ela olhava os vários objetos em cima da cômoda, escolhendo qual iria arremessar, ele continuou a discussão, insistindo em seu argumento.

"Você não queria me falar sobre o Tristan porque se sentia segura vivendo com esse segredo, morando muito longe. Quando você ficou irritada no hospital, queria que eu fosse embora, e agora está pedindo a mesma coisa. Você foge dos problemas ou os afasta de você." Sutilmente, ele concluiu: "Sei mais sobre você do que você mesma sabe."

"Você acha que me conhece após ter contato comigo por duas semanas?"

"Não, eu tenho certeza", ele falou em voz baixa, e parecia ocultar alguma coisa que ela não conseguia identificar. "Eu te conheço… pelo menos, conheço a parte que preciso…"

"Mamãe?" Ela se virou, protetora, assim que ouviu a voz infantil e foi até o seu filho, que estava espiando pela fresta da porta. "Quer ver o que eu consigo fazer?"

Ela puxou a maçaneta para abrir a porta, sorriu ao ver o sorriso sapeca que ele exibia e se perguntou por que ele estaria assim. Bally estava ao seu lado, mas sem nenhuma travessura em seus pelos.

Uma parte dela queria olhar para o Jack, para ver seu sorriso orgulhoso, entretanto, estava tão chateada pela sua falsidade e suas acusações, que não conseguia.

"Está pronta?" Parado no batente da porta, Tristan manteve o ar de suspense enquanto protelava o momento.

"Estou pronta!" Ela deu um sorriso tão entusiasmado quanto a exclamação.

"Eu estou pronto!", a voz grave do Jack concordou.

De forma dramática, Tristan levantou levemente os braços, fazendo com que suas muletas parecessem asas. Olhando para o chão, ele deu um passo, depois outro, e mais outro! Ele desequilibrou um pouco e se apoiou nas muletas, depois olhou para ela, aguardando a sua reação.

Os dois foram até ele na mesma hora, escorregando os joelhos no chão como se estivessem tocando um solo de guitarra. Envolvendo o corpinho do menino em um abraço de urso, ela secou os olhos marejados em um uma manga da camiseta macia que cobria seus ombrinhos. Os dedos do Jack roçaram os dela enquanto ele tentava participar do abraço da melhor forma que conseguia, e, ao perceber que estava sendo egoísta, ela deixou que ele tivesse acesso ao Tristan. Seus olhos se emocionaram mais uma vez, ao vê-los abraçados.

Apesar de todos os medos que ela possuía com o envolvimento de Jack em suas vidas, ela sabia que seria melhor para o Tristan se ele crescesse com a presença do pai. Mas, maldição, ela era a mãe dele. Ele também precisa dela, e Jack precisa entender isso. A guarda total

não era interessante para nenhum deles, principalmente para o Tristan.

Jack foi com o filho até a cozinha para tomar um achocolatado e comer biscoitos, como o menino pediu. Ela caiu de cara na cama, por pura vontade, segurando suas lágrimas. Lágrimas de felicidade. Lágrimas de medo. Lágrimas de tristeza e de traição.

Ouviu o barulho da televisão da sala, que foi ligada em um dos desenhos do Tristan, e logo Jack voltou até ela. O colchão afundou com o peso dele, ela ficou imóvel, mas manteve a cabeça confortavelmente no edredom. Podia ser sua imaginação, mas tinha o cheiro do Jack.

"O meu voo é só na sexta. Minha agenda vai estar ocupada pelas próximas duas semanas depois disso, então não quero mudar os planos ou perder o tempo que ficaria com o Tristan só porque nos desentendemos."

*Desentendemos?* A palavra era hilária. Ela estava vendo sua vida se tornar um enorme trem desgovernado, e ele chamava isso de desentendimento?

"Nós não tivemos um desentendimento." Ela se virou e encarou o seu rosto. "Um desentendimento é algo que se resolve após alguns pedidos de desculpas."

*Seguido por sexo, para fazer as pazes!* A cabeça dela, atormentada por emoções, mal processava.

Jack analisou sua feição em silêncio e ela não conseguiu encontrar nenhum traço de culpa em sua expressão. Estranho, todas as emoções que ela sentia pareciam estar refletidas no rosto dele. A sensação de traição era a mais nítida.

Optando por não responder suas perguntas, ele desviou o olhar. "O que estou querendo dizer é que eu posso passar esse tempo aqui com o Tristan, ou posso levá-lo todos os dias para o hotel. Então, decida e me fale. E tem mais, nós vamos contar para ele antes que eu volte pra casa."

Quando ele se levantou, ela se apoiou nos braços e inquiriu, incrédula: "Você realmente faria isso?" Deixando a sua voz mais grave, ela ridicularizou: "Eu sou o seu pai, e por falar nisso, você vai morar comigo a partir de hoje!"

"Você sabe que não foi isso o que eu quis dizer." Ofendido por suas palavras, ele se retirou do quarto, seguindo pelo corredor até a sala. De má-vontade, ela o observou saindo com o mesmo interesse que sempre teve, a forma como o jeans modelava seu traseiro e o caimento da camiseta em seus ombros.

Voltando para sua zona de choro, o banho quente, ela ficou ajustando a temperatura da água até acabar com o reservatório de água quente, e só depois ela saiu de lá.

Jack estava ensinando uma batida de bateria para o Tristan, e, com os dedos bem leves, ela abriu a porta e passou pelos dois enquanto caminhava até a cozinha. Ela se permitiu entrar em um estado de entorpecimento enquanto olhava a despensa, pensando em qual comida faria com os ingredientes em mãos.

Confusa e em conflito, ela ouvia as interações entre ele e Tristan. Uma parte dela sentia que deveria exigir que ele fosse embora, e a outra parte sentia que ela não deveria negá-los nenhum momento juntos.

Jack ficou para comer jambalaia, e aparentemente Tristan não percebeu que eles não estavam conversando. Após ler um livro para ele dormir, antes do banho, e não depois, Jack o abraçou e prometeu voltar no dia seguinte.

Ela estava na cozinha, onde agia como uma maníaca da limpeza, e satisfez seu mais novo passatempo favorito, correndo os olhos pelas costas dele. O coração dela doeu fisicamente quando, sem falar uma palavra, ele foi embora.

Assim que leu a história para o Tristan e ele foi para a cama, ela mandou uma mensagem para a Olivia, pedindo que sua amiga ligasse, acrescentando um código de emergência criado entre elas. 9-1-1 combinado com "me liga", implicava em uma emergência real e foi usado duas vezes: quando entrou em trabalho de parto e quando o Tristan rasgou o queixo no quintal. 9-1-0 condizia a uma emergência emocional, usado minutos depois da traição do Kel e agora. Com a certeza de que a amiga ligaria no primeiro intervalo do trabalho, ela se encolheu como uma bola na cama, triste.

O celular ainda estava na sua mão após ter sido consolada por Olivia na noite anterior, quando a campainha tocou na manhã seguinte. Em pânico, ela pulou da cama. De novo, ela não tinha acordado na hora certa no dia da fisioterapia do Tristan. Passando uma escova no cabelo, ela olhou para a calça *legging* e blusa que usou ontem e correu para vestir uma camiseta limpa.

Ela viu Jack pelo olho-mágico, e não a fisioterapeuta. Usando o traje de sempre, sua aparência estava arrumada, ao contrário da dela. O cabelo comprido dele estava solto e úmido. O único sinal de estresse eram as suaves sombras que manchavam a área abaixo dos seus olhos.

"Você chegou cedo", ela comentou, dando espaço para que ele pudesse entrar.

"Não sabia que eu tinha marcado horário."

"Falando nisso, a fisioterapeuta do Tristan estará aqui em meia hora." No fundo do corredor, ela ouviu a TV do Tristan, o que indicava que ele estava acordado, mas ainda não tinha saído do quarto. "Se eu for tomar banho e me trocar, você pode fazer com que ele se troque? E tem alguns bolinhos de framboesa no…"

"Claro, sem problemas." Ele correu os olhos nela carinhosamente, e embora ele já estivesse seguindo pelo corredor, por um momento, o clima era de intimidade.

O banho fez com que ela recuperasse tanto o estado de espírito quanto o nível de energia. Dali a pouco, ela se segurava para não rir quando a jovem garota, após ver o Jack, começou a agir como uma típica fã.

"Ah!" Virando o cabelo, ela soltou: "Alguém já te falou que você… você se parece com o Jack Storm?"

"O nome dele é Jack", Tristan ajudou, informado.

"Espera, você *é* o Jack Storm? Oh, meu De…" Demonstrado um controle incrível, ela interrompeu a interjeição, e a substituiu com um simples e sem fôlego: "Oh!" Os murmúrios continuaram enquanto Jack, horrorizado, balançava a cabeça sem parar, olhando cauteloso para o Tristan. Mas ficou na cara, já que seus braços tatuados e coloridos com partitura musical, notas, guitarra, etc., estavam expostos em fotos pela internet e em revistas.

Mais divertida ainda era a reação de Tristan com tudo isso. Seus olhos arregalados observavam a cena, mas ele não disse nada quando seu pai autografou a barra da camiseta da garota, e sua mãe tirou uma foto. Jack ficou atrás da garota, com as mãos apoiadas socialmente em seus ombros.

191

Durante a sessão de fisioterapia, os olhos da jovem fitavam mais o Jack do que o Tristan, o que era uma vergonha, já que o Tristan deu uns doze passos sem ajuda. O coração da Marissa se encheu de alegria, e Jack se aproximou dela, entrelaçando os dedos na sua mão. Apesar da névoa de antipatia e raiva que pairava em seu coração, ela se encostou nele, em um sentimento mútuo nesse momento importante.

"Eu consegui! Estou andando igual vocês!", Tristan cantarolou feliz, mas estava exausto e já voltava a se apoiar com esforço nas muletas.

Jack acompanhou a fisioterapeuta até a porta e comprou o seu silêncio com a promessa de uma cópia autografada da foto tirada com o celular da Marissa. Ela escutou quando ele pegou seu nome e telefone, para enviar ingresso para o próximo show que ela quisesse. Pensando bem, era uma ideia brilhante guardar a foto até que ele estivesse a salvo fora da cidade. Mais tarde ele explicou que quando sua publicista entrasse em contato com a garota, o pacote VIP viria com um contrato de silêncio. Marissa pensou sobre a quantidade de artimanhas de que ele dispunha, e quantas vezes ele precisava usá-las.

Tristan também estava tirando conclusões, pois perguntou: "Por que você escreveu na camisa da Srta. Dana?"

# CAPÍTULO 23

Sem saber como responder, Jack olhou para Marissa. O olhar do Tristan continuava fascinado, então Marissa resolveu tentar. "Bem, ela conhece o seu…" Ela fechou a boa depressa antes de dar sequência." Jack. Ela conhece o Jack. Acho que ela pensou que seria engraçado. Mas não vá sair escrevendo na camiseta de ninguém!" Ela piscou para ele ao proferir a advertência e olhou para o Jack para ver se ele havia notado a gafe que ela quase cometeu.

Jack salvou a situação mudando de assunto, antes que o menino pudesse fazer mais perguntas. "Eu estava pensando se hoje você iria comigo ver umas guitarras. Você ainda quer aprender?"

Tristan assentiu com ansiedade e balbuciou com entusiasmo. Marissa entrou na conversa de forma cética. "Uma guitarra? Ele não é muito novo?"

"O quê?", Jack brincou e prendeu seu olhar com algo diferente de raiva, ela sentiu uma onda de calor e ficou confusa. "Ele já tem idade para bateria e karaokê, mas não para uma guitarra?"

Parecia mesmo uma bobeira, então ela exibiu um sorriso ao perguntar: "Quantos anos você tinha quando ganhou sua primeira guitarra?"

Tristan não parava de falar sobre o que ele queria vestir para ir à "loja de música", e eles conversavam baixinho enquanto caminhavam atrás dele até chegar ao seu quarto.

Jack encolheu os ombros. "Não tenho ideia. Eu era muito novo para ter uma lembrança. Provavelmente ainda estava no berço." Ele terminou o raciocínio com uma risadinha, exibindo a covinha. "Meu pai também é músico. Então, acho que esse é o motivo." Ele permaneceu na porta do quarto, enfeitado com o tema de corrida de carros, e se virou preocupado. "Você acha que estou pressionando-o? Tipo, eu só queria mostrar pra ele umas músicas mais simples. E não quero forçá-lo a fazer alguma coisa."

Ela estava um pouco surpresa por eles estarem tendo uma conversa normal, já que tinha jurado a si mesma que ficaria em silêncio pelo resto da sua estadia, e inquiriu com curiosidade: "Você se sentiu pressionado?"

"Não. Do pouco que me lembro, eu amava."

"Bom, então, resolvido. Compre uma guitarra para ele." Olhando para o Tristan, ela viu que ele estava usando a camisa vermelha com a guitarra. Ela tinha certeza que não tinha lavado a roupa desde que pegou a camisa no monte de roupa suja no dia anterior.

Ela ficou em casa quando eles saíram, incapaz de participar de um passeio com o Jack... não que ele a tivesse convidado. Apesar da conversa tranquila, ainda existia uma tensão oculta entre eles. Ela limpou a casa e ligou para o trabalho, organizando tudo para poder se afastar por duas semanas por motivos pessoais. Seu período de férias terminaria no final dessa semana, e por mais que Tristan estivesse muito melhor, ela não queria deixar de acompanhar o progresso que ele estava fazendo. Ela não receberia por esses dias, mas tinha a sensação de que seus problemas financeiros relacionados ao Tristan haviam chegado ao fim.

Olivia apareceu por lá e Marissa abandonou o aspirador de pó no meio da sala para contar sobre as conquistas do Tristan na fisioterapia. Olivia estava tão animada que fez umas doze perguntas enquanto tirava duas embalagens de salada da sacola. Deixaram de lado uma embalagem com tiras de frango e fritas para o Tristan. Não era comum ele sair de casa sem uma das duas, e Olivia não sabia que ele não estaria presente no almoço.

"Então, ele simplesmente apareceu essa manhã, como se nada tivesse acontecido?" Olivia espremia um pacotinho de molho caipira em cima da sua salada enquanto falava sobre o Jack.

Marissa fez o mesmo quando pegou um dos pacotinhos. "Não. Definitivamente parece que aconteceu alguma coisa. Ele mal olha pra mim, e é estranho quando começamos a falar sobre algo."

"Eu penso o seguinte. E fiquei um bom tempo pensando nisso ontem à noite, depois que você ligou." Olivia balançava o garfo de plástico e olhava para o nada. Marissa sabia que só uma amiga muito boa teria ficado acordada pensando no desenrolar dos acontecimentos recentes. "Acho que tem uma grande possibilidade de você ter interpretado errado tudo o que ele disse."

Marissa mastigava um tomate e olhava com vontade para as tiras de frango. "Como poderia ter sido interpretado de forma diferente?" Ela foi rude, se referindo à disputa pela guarda.

"Pelo que você me disse, está sujeito a interpretação."

O aroma do almoço do Tristan também estava chamando a atenção de Olivia. Ou talvez, a luxúria por carboidrato nos olhos de Marissa fosse contagiosa. Sua amiga olhava com frequência para a refeição de frango.

Ouvir a opinião de Olivia sobre a sua discussão com o Jack deu um pouco de esperança para o seu coração. Enquanto ela tentava se lembrar dos detalhes da conversa, seus olhos focalizaram pela décima segunda vez o prato de frango. "Jack e Tristan vão comer fora, certeza. Jack não consegue ficar duas horas sem comer."

"Jack, Jack, Jack", Olivia provocou.

"Cale a boca se você quiser um pouco disto!" Perdendo a batalha do carboidrato, Marissa colocou algumas das tiras de frango na sua salada e comeu um pouco de batata frita.

"Então, o que você precisa fazer é colocar no papel tudo o que ele disse e ler." Exibindo etiqueta com perfeição, Olivia colocou uma tira de frango na sua embalagem de alface e cortou em cubos, usando o garfo e faca de plástico.

Considerando as palavras de Olivia, Marissa estava maravilhada por sua amiga ser tão boa com conselhos nos dias atuais, sendo que, por anos, suas ideias foram inconsequentes. Por obrigação, Marissa pegou uma caneta do pote de plástico de manteiga, que Tristan decorou com adesivos e cola com *glitter*, transformando-o em um porta-lápis. Deixando sua mente voltar à fatídica tarde, ela anotava a conversa, conforme ia se lembrando, na parte de trás de um envelope de correspondência descartado.

Assim que começou a analisar as palavras, Bally começou seu latido ensurdecedor, sinalizando a chegada de Jack e Tristan. Sentindo-se culpada, Marissa enfiou o envelope embaixo da bolsa no balcão, escondeu a embalagem vazia onde estava o frango e as fritas dentro do micro-ondas, e foi correndo recolher o cabo do aspirador de pó, que era uma armadilha para que o Tristan tropeçasse.

Tristan brilhava de felicidade e animação quando Marissa o envolveu em um abraço de saudação, tomando cuidado com suas muletas. "Você já almoçou, querido?"

"Jack comeu dois lanches com hambúrguer e eu comi frango", ele anunciou. "Depois tomamos sorvete, e eu falei pra ele que você não toma sorvete, mas ele quis trazer um mesmo assim."

"Aposto que hoje ela toma sorvete", Olivia murmurou baixinho. Marissa se virou e encontrou sua amiga salivando, não pelo sorvete que Jack colocou no balcão, mas por causa do Jack.

"Olivia! Fala sério!", Marissa vociferou a advertência, ignorou o sorvete em questão e tocou a Bally para fora. A cachorra sabia que não podia pular no Tristan para dar as boas-vindas, mas estava pulando ao redor de Jack, que carregava uma Fender vermelha modelo infantil. Uma sacola de compras estava pendurada na curva do seu cotovelo.

"Por que hoje, mãe?"

Era a primeira vez que seu filhinho lhe chamava de outra coisa que não fosse mamãe, ela olhou para seu

197

rosto, desanimada. Quando, por fim, se lembrou da razão daquela pergunta, ela fuzilou Olivia com o olhar.

"Porque sorvete é gostoso. Mas você está certo. Eu não quero tomar agora." Quando Olivia riu em silêncio de novo, Marissa olhou pra ela em advertência e atravessou o cômodo, se curvando de leve para abrir o pote de plástico. "Vou guardá-lo no congelador para tomar mais tarde." Olivia riu mais uma vez e Marissa resolveu ignorar.

Jack ficou imóvel e olhou para Marissa de forma totalmente diferente. Um olhar ardente e faminto, mas ao mesmo tempo imparcial… como se ela fosse uma garota qualquer por quem ele tenha se interessado por alguns segundos. Quando Marissa despertou do estranho devaneio, Jack e Olivia estavam se apresentando, o que a fez se sentir ridícula. Talvez o significado do olhar dele tenha sido apenas um sinal para que ela os apresentasse.

Olivia pegou sua bolsa, se preparando para ir embora. Marissa não queria ficar sozinha com o Jack, e insinuou com afinco para que ela ficasse. Ao ouvi-la, Tristan também começou a pedir.

"Por favor, fique, tia Liv. Nós compramos um Xbox e um jogo de corrida!"

Marissa se virou e o observou saltitando enquanto o console era retirado da sacola, e olhou para o Jack em acusação. "Um Xbox?"

"Mãe, espera só pra você ver! É muito da hora!"

Mais uma vez, se ela pudesse cortar com o olhar, um certo deus do metal estaria sangrando. Jack também parecia estar surpreso com um menino de quatro anos ter falado uma gíria. Esperta, Olivia se afastou da interação, e, quando já estava fora de alcance, se virou e correu até a porta.

"Você pode jogar primeiro, mãe", Tristan ofereceu com os olhos colados no Jack, que estava colocando bateria nos controles. Jack levantou os olhos ao ouvir isso, e, ao analisar seu rosto, esboçou um brilho desafiador no olhar.

Respirando fundo para manter a calma, ela admirou a nova guitarra, elogiando em voz alta, garantindo que seu humor estivesse tão animado quanto o do Tristan. Alcançando-a, ela dedilhou as cordas com leveza, sem conectá-la no miniamplificador. Na sua infância, seu pai tinha algumas guitarras acústicas, e ensinou vários acordes a ela e seus irmãos.

Claramente surpreso, Jack observou a habilidade dela em criar um pequeno *riff*. Ela deixou o instrumento de lado e sorriu para a oferta do Tristan, balançando a cabeça. "Você joga com o Jack. Talvez eu jogue mais tarde."

Sem falar com o Jack, ela se enclausurou no quarto para tirar uma soneca atípica. Tristan não estava sentindo dores, e sem o Tylenol, ela duvidava que ele fosse dormir. Ele já não dormia à tarde há mais de um ano, até fazer a cirurgia.

Depois, ela ouviu os passos pesados do Jack avançarem pelo corredor, seguido pelo clique da porta sendo fechada. Ela caiu no sono ouvindo o som abafado dos gritinhos animados do Tristan e as exclamações roucas do Jack enquanto eles jogavam.

Da mesma forma, durante o jantar, ela observou pai e filho. Ela continuava esboçando um sorriso apreensivo em resposta aos sorrisos tensos de Jack, enquanto os dois mantinham as aparências por causa do

Tristan. O passeio de hoje ao shopping foi a primeira situação difícil de engolir. Ela nunca teve a capacidade de presentear seu filho com algo maior que os carrinhos em miniatura e a última pista maluca lançada pelo Hot Wheels. As coisas que Jack estava fazendo ultimamente deixavam-na cautelosa e com ciúmes.

Seria isso que a guarda compartilhada ou, Deus me livre, guarda total implicaria? Tristan teria tudo o que quisesse? Será que isso seria ruim depois de tudo o que ele tinha passado? Ele tinha um coração tão bom que era difícil imaginar a possibilidade de ele se tornar uma criança mimada.

De novo, Jack foi embora mal se despedindo, e era assustador pensar em mais quatro dias e quatro noites com essa mesma rotina.

Para piorar ainda mais, o irmão dela, que morava na Flórida, mandou uma mensagem privada pelo Facebook, avisando que a mãe deles não estava nem um pouco feliz com a forma que Marissa a "deixou de escanteio". Como estava na rede social, ela clicou no perfil particular do Jack. Eles tinham se adicionado enquanto esperavam no quarto do hospital, no dia do sorvete.

O status do Jack dizia "Relaxando em sigilo". Havia vários comentários abaixo, questionando o local para o qual ele estava viajando, mas ele ainda não tinha respondido, ao menos, não na sua página principal.

Por curiosidade, ela clicou nas fotos e parou, absorta, assim que viu uma em que ele estava de sunga, pousando ao lado de uma moça que era a versão feminina dele. A foto estava em um álbum que aparentava ser de família, e ela investigou cada pessoa que logo conheceria o Tristan tão bem como a tia Liv, seus pais ou até seus irmãos distantes.

Parando em uma foto com uma versão mais velha do Jack, ela analisou o homem que tinha o braço envolvendo uma mulher atraente... um casal que logo Tristan chamaria de avós. De repente, ela se sentiu culpada por ter deixado seus pais de fora e resolveu ligar para sua mãe no dia seguinte.

Ela dormiu no sofá e acordou com o barulho do jogo de corrida. Bally estava deitada esticada ao lado dela. Apenas uma das muletas do Tristan estava no chão perto dele. Ao levantar a cabeça, ela procurou e encontrou a outra próxima à televisão. A cada dia ele estava ficando mais forte e menos dependente. Com cuidado, ela o levou para a cama.

Na próxima manhã, Jack trouxe burritos de café da manhã, o que ela comeu com voracidade, antes de ir malhar no quarto extra.

Música explodia nos fones de ouvido, mantendo-a imersa em um mundo isolado, até o formigamento começar. Levantando o queixo, ela encontrou Jack encostado à soleira da porta, com os olhos profundamente sintonizados em cada movimento dela.

# CAPÍTULO 24

Marissa liberou um ouvido da música e aguardou. Após um olhar ardente que a atingia cada nervo e excitava o seu interior, Jack falou: "Meu advogado acabou de retornar a ligação. O teste de paternidade foi cancelado, e ele está agilizando a papelada para a pensão mensal e visitas temporárias..."

O celular dele começou a vibrar, e depois de verificar quem era, ele atendeu. "Sim, Doug?" Ele ouvia com atenção enquanto olhava para ela, até sumir de vista. Curiosa, ela retirou o outro fone a tempo de ouvir. "Sim, ainda vou dar sequência a isso. Por favor, resolva o mais rápido possível. Sim, ela está. Estou conversando com ela agora. Obrigado, mano."

Logo ele voltou pedindo desculpas e, dessa vez, entrou no quarto ao retomar a conversa que tinha sido interrompida. "Vou apenas te falar o que eu estou pensando, e você me diz o que você está pensando."

Com cuidado, ela prestou atenção em silêncio, e ele continuou:

"Tristan não entra na escola até o próximo ano. Então ficar comigo por uma semana, a cada cinco ou

seis semanas, não seria difícil pra ele, você concorda? E sobre os feriados…" Em choque, as palavras dele se arrastavam, e ela agarrou o braço do aparelho de musculação para poder se sustentar em pé. "Minha família faz uma grande festa de Natal, e eu gostaria muito que ele pudesse ir esse ano."

As exigências eram razoáveis. Jack já havia perdido três Natais. E uma semana a cada mês, em vez de um final de semana a cada duas semanas, era sensato, já que dois dias ele passaria viajando.

Pensar no seu bebê em um avião a deixava aterrorizada. Pensar no seu bebê passando o Natal longe, mesmo que a data fosse quase daqui a um ano, a destruía por dentro.

Durante toda a sua infância, ela via todos os dias uma placa de oração de serenidade com palavras de sabedoria que decorava a parede da cozinha da casa da sua família. Agora, uma frase aleatória veio à sua cabeça… "dê-me graças para aceitar… as coisas que não podem ser alteradas…"

"Quando ele voar, quem estará com ele?" Ouvindo o tremor em sua voz, ela limpou a garganta depressa e fez uma encenação para desligar o elíptico.

"Meu pai é sócio de uma empresa de alvará de aviões. Um adulto da família sempre estará viajando com ele."

Marissa tinha conhecimento sobre o que ele estava falando, já que uma vez ouviu um jogador VIP da sua mesa de *black jack* explicar os benefícios em pagar com antecedência uma afiliação para ter acesso a uma frota de jatos extravagantes.

"Um avião particular? Isso é seguro? Eu me sentiria melhor se ele voasse, bem, com uma empresa aérea…"

A compreensão brilhava em seus olhos. Partilhavam a mesma preocupação em relação ao menino. "É mais seguro que voo comercial. Essas naves possuem menos de cinco anos e verificamos os antecedentes dos pilotos. Isso quando um de nós não pilota. Somos paranoicos quando se trata de segurança no avião."

Pega de surpresa, ela questionou: "Você voa? Pilotando?"

"Nada muito grande. Apenas aviões pequenos."

"Você veio pilotando até aqui?"

"Eu não tinha dormido o suficiente, então, não. É sério, eu só piloto de vez em quando, quando não tem opção melhor."

Na tentativa de convencê-la, ele só piorava a situação. Parece que aviões particulares sempre estavam nas notícias, e não de maneira positiva.

Percebendo sua reação, ele acrescentou: "Você poderia ir com ele, se quiser. O piloto poderia trazê-la de volta, ou você poderia ficar alguns dias. Ou, sei lá, até que você se sinta confortável com isso."

As visitas de Tristan eram inevitáveis, e ela assentiu concordando enquanto pensava sobre a condição para o voo. Não era irracional solicitar que Tristan viajasse em um voo comercial. Certo?

Jack continuou, interrompendo o silêncio especulativo. "E também, eu estava pensando, ele deveria ter o meu sobrenome. Se fizermos isso agora, antes de começar a escola no ano que vem…"

Ela voltou a olhar para ele, que, esperto, interrompeu a fala. Ela sabia que da mesma forma que algum tipo de guarda compartilhada era inevitável, Tristan também acabaria tendo o nome do Jack. Ele era seu filho e carregava a sua linhagem. Não era tão medieval ao ponto de não ser o certo.

De qualquer forma, era muita coisa para absorver no momento, e ela desceu do elíptico, com a necessidade de sair desse quarto onde agora ecoavam palavras incômodas. Jack a interrompeu antes que ela chegasse à porta.

Colocou as mãos de leve em sua cintura e inclinou a cabeça em direção à dela. Os olhos castanhos se fundiam às profundezas de sua alma, e embora ela pudesse sentir a iminência de um beijo, ele não aconteceu.

Ele levou os dedos para cima, fazendo carinho, o toque queimava de forma agradável pelo tecido fino da camiseta grudada na pele suada. Ele parou as mãos e segurou a respiração, soltando-a em um suspiro quando envolveu as curvas contidas pelo top esportivo. Ele desceu o olhar para o local em questão e tirou uma das mãos, usando-a para acariciar da clavícula até o decote.

"Isso me lembra do dia em que nos conhecemos." Ele falava da lembrança de um jeito carinhoso, e seu olhar pensativo voltou ao rosto dela.

"Como assim?" Ela não estava dando em cima dele, mas a forma como ele a olhava fez com que sua indagação ficasse sem ar. De verdade, ela se esforçou para entender como sua roupa de hoje, boxers, uma regata e um top que deixava seus seios retos, poderia lembrá-lo do dia em que ela se vestiu com muito cuidado para ir ao *Hang Fest*, com a esperança de "ficar" com alguém.

"Você estava corada e suada."

"Nossa. Obrigada. Lembro-me de ficar envergonhada por estar com calor e suando."

"Eu gostei. Parecia que você tinha acabado de sair da minha cama."

"Eu queria que você não falasse essas coisas."

No fundo, ela amava. Com poucas palavras, ou um único olhar, ele conseguia fazê-la se sentir atraente e desejada. No entanto, tudo isso mudou quando o relacionamento mudou. Agora, esse tipo de comentário a fazia se sentir usada.

"Por quê?"

"Apenas pare, tá bem?"

"Tudo bem." Na mesma hora, ele mergulhou para dar o beijo que estava tão próximo.

Em um quarto repleto de parafernália para exercícios de fortalecimento, ela foi com leveza ao encontro do peito dele, saboreando o roçar dos seus lábios e de sua língua. O som de uma corrida de carro no outro quarto fazia um forte contraste com os sons silenciosos do beijo.

Quando ele endireitou o corpo e parecia prestes a deixar as coisas daquele jeito, ela protestou novamente: "E isso. Por que você faz isso?" Ele levantou as sobrancelhas de leve, em um convite silencioso para que ela continuasse. "Eu não tinha terminado. Você não tem que fazer isso. Só porque é mais forte e mais alto."

O esboço de um sorriso apareceu nos lábios recém-beijados dele. Pegando suas mãos, ele deu dois passos e se sentou em um banco com uma perna de

cada lado, ficando quase em seu nível. "Sou todo seu", ele convidou.

Em transe, ela passou um pé por cima do banco e se sentou. Deixou as mãos nos ombros dele e sentiu seu cheiro, mas apenas encostou a testa contra a dele. Ela fitava a íris cor de chocolate, e descobriu que a expressão "comer com os olhos" tinha uma definição muito mais verdadeira do que aquela com que ela e a Olivia costumavam brincar por todos esses anos.

Finalmente, ela o beijou com todo o seu coração e cada pedaço da sua alma, com uma paixão sem limites.

Como ela podia desejá-lo tanto apesar de tudo o que ele estava fazendo com a vida dela? E foi aí que ela especulou o motivo de ele ter se afastado antes. Será que ele também estava confuso? Se sim, isso significava que ele se importa com ela? Como ele poderia se importar e mesmo assim destruir o seu mundo? Por causa dessas perguntas, o beijo parecia ser tão errado e estranho quanto bom, e ela parou, apoiando a cabeça dele mais uma vez.

"O que estamos fazendo? Aonde vamos parar com isso?" No desespero, ela verbalizou o que pensava internamente.

Os segundos se protelaram, e aí, pronunciando com a garganta seca, ele respondeu: "Eu não sei. Você precisa ter cuidado, brincando com um estuprador, desse jeito."

Naquele momento, ela quase bateu nele. Quando ela se lembra disso, não tem certeza se tinha feito ou não, já que se afastou com muita firmeza e rapidez. Antes que ela pudesse se esquivar, ele segurou seus pulsos.

"Me desculpe, Marissa. Porra, eu sinto muito…"

Quando tentou se afastar de novo, ele soltou as mãos, e, ao estar livre, ela ficou imóvel. Os dois estavam sentados com uma perna para cada lado do banco. Mais uma vez ele pediu desculpas, quando era ela quem deveria estar pedindo perdão em primeiro lugar, por tê-lo ameaçado. Entretanto, a teimosia fez com que ela ficasse muda. Foi aí que ela entendeu que suas palavras, no outro dia, o machucaram com a mesma intensidade com que o fizeram com raiva. De qualquer forma, ele a tinha machucado primeiro.

"Tudo bem." Ela tomou ciência das desculpas, mas ainda era incapaz de aceitá-las. Suspirou. "Eu preciso... preciso... ir..."

Dito isso, ela fugiu.

Tristan tirou os olhos da televisão quando ela correu pela sala rumo ao seu quarto.

"Ei, mãe, olha só isso! Muito da hora!"

Parando onde estava, ela deu a volta e ficou entre ele e o jogo. "Pare de falar isso!"

Ela estava começando a se sentir como se fosse um efeito de eco em uma música de rap. Primeiro com o pai, agora com ele. Não faça isso. Não diga isto. Quem ela estava se tornando?

"Mãe?" O controle do videogame escorregou, ficando esquecido no colo, e os lábios dele estremeceram. "Não vou falar mais. Vou parar."

Foram raras as vezes em que ela foi rude com o Tristan. Ela nunca tinha conhecido uma criança tão bem-comportada, e às vezes ela se pegava pensando se isso se devia ao fato de ele não ter contato com outras crianças. Ele vivia em um mundo adulto.

"Obrigada." O desejo de correr até ele e abraçá-lo para aliviar o sofrimento que ela tinha acabado de causar

era muito forte, mas ela não o fez e não sabe o motivo. Quando ela se distraiu do rosto deprimido do seu filho, olhou para o Jack, que estava na soleira da porta do quarto auxiliar e exibia o mesmo semblante de Tristan.

Ela endireitou os ombros e voltou para o corredor. Atrás dela, Tristan comentou em voz baixa: "Qual palavra, mamãe?"

Ela ficou imóvel e falou sem se virar: "Esquece, querido. Não tem problema."

A casa dela tinha se tornado um ambiente hostil, e ela perdeu as contas de quantas vezes nos últimos dias usou seu quarto como um refúgio.

A voz de Jack se misturava à de Tristan enquanto eles tocavam guitarra. Notas muito lentas eram seguidas por outras mais estáveis. Jack a deixou quieta por um tempo, e depois, com uma batida rápida na porta, entrou para dizer que Tristan estava comendo um sanduíche.

"Você quer alguma coisa?" Sua pergunta era carinhosa e preocupada.

*Sim. Você. Nós. Do jeito que pensei que poderíamos ser.*

Quando ela o ignorou, ele voltou alguns passos até a porta, mas parou antes de sair.

"Marissa? Juro que nunca falei 'da hora' para ele. Acho que ele pode ter escutado quando eu conversei no telefone com o Dax." Apesar de ela não conhecer a pessoa a quem ele estava se referindo, ela considerou sua modéstia reconfortante e se permitiu fitar os olhos castanhos.

"Por que ele começou a me chamar de 'mãe'?"

Quando Jack perguntou o que ela queria dizer, ela explicou que não tinha ouvido aquele nome específico até o dia anterior, e que agora, ela escutou várias vezes.

"Eu não sabia. Sinto muito. Tenho me referido a você desse jeito. Dizendo, tipo, 'Vamos comprar sorvete pra sua mãe'. Vou começar a falar Mamãe, está bem?" Quando ela só deu de ombros, ele sussurrou: "Marissa? Odeio vê-la tão estressada e chateada."

De algum jeito, ele tinha diminuído a distância entre eles, e lhe deu um beijo faltando toda aquela paixão calorosa de duas horas atrás. Era doce e reconfortante, garantindo algo que ela não conseguia entender.

"Jack?" Chamando-o quando ele se afastou, ela admitiu: "Me desculpe por ter dito aquilo sobre o…" Agora que ela não estava furiosa, não conseguia pronunciar a palavra com "E". "Desculpe por dizer que eu iria usar uma mentira do seu passado contra você. Eu não o faria, você sabe disso." *Ela não pensava.*

"Sinto muito por ter ficado bravo por você ter dito isso." Ele pegou a mão dela e acariciou a palma com o polegar. "Eu faria qualquer coisa para proteger o Tristan, e era isso que você estava fazendo. E eu sei… eu percebi que tudo está indo muito rápido. Que você não sabe que tipo de pessoa eu sou, e nem se eu poderia ser responsável por ele. Mas eu te prometo, eu te juro, que vou ser um bom pai." Ele a olhava ansioso, mas ela ainda não conseguia olhar para ele. "Eu cresci em uma família muito unida. Sempre tinha criança por perto, e até quando eu era criança, nós ficávamos de olho em nossos primos. Ultimamente, eu fico com os filhos da minha irmã o tempo todo, os ensinei a nadar…"

"Eu sei, Jack." Quando ele ficou sem ter o que falar, ela sentiu necessidade de preencher a lacuna. "Se eu não soubesse, estaria me opondo a qualquer possibilidade de guarda, não deixaria que você ficasse

aqui com ele, não teria deixado você levá-lo para passear ontem."

O tinido da muleta ecoou no corredor, e como Tristan estava se movendo com muito mais facilidade, força e rapidez a cada hora, eles mal tiveram tempo de se afastar em cima da cama, antes que ele aparecesse na porta.

"Terminei o lanche", Tristan anunciou orgulhoso e perguntou sobre o jogo que rapidamente se tornou um vício. "Quem quer disputar uma corrida comigo?"

Ela esboçou um sorriso por instinto, ao notar que ele, sem perceber, balançava as muletas ao seu redor quando estava de pé. Ela sabia que não iria demorar muito para que ele estivesse pedalando a bicicleta vermelha que o Jack lhe prometeu. Ou para que ele estivesse jogando basquete na pequena cesta que eles trouxeram ontem junto com outros presentes, como o blusão preto e as tatuagens temporárias que agora adornavam os seus bracinhos.

"Vem aqui, querido. Jack e eu precisamos falar com você."

Interessado, ele obedeceu e se aproximou. Ela segurou as muletas enquanto Jack o colocava na cama. Por cima da cabeça dele, ela procurou por um incentivo silencioso do Jack, e respirou fundo tomando coragem.

"Você se lembra das vezes em que conversamos sobre seu papai?"

Tristan aprendeu cedo que uma família de verdade era constituída por uma mamãe e um papai. Provavelmente, viu nos desenhos ou deduziu, após ter racionalizado a relação dos seus avós com ela. Independente de como aconteceu, ele ficou curioso o bastante para perguntar coisas que ela ainda não estava pronta para responder quando ele era mais novo.

Concordando, Tristan inclinou a cabeça para cima e olhou para o Jack. "Meu papai mora na Cali Fórnia."

Ela tinha vontade de rir toda vez que ele pronunciava Califórnia. Para ela, "Cali Fórnia" era nome de guerra de *stripper*.

Jack ficou bobo com a revelação do pequeno por diferentes motivos. Ela viu a surpresa em seu olhar. Ele não esperava que Tristan soubesse nenhum pequeno detalhe como aquele, e prendeu os olhos nela.

"E ele gosta de cantar! Igual eu!"

Outra faísca iluminou os olhos de Jack, e apesar da emoção não ser evidente, era positiva.

"Tristan." Passando as mãos nas suas costas, ela esperou até que ele olhasse para ela. "Lembra que eu disse que quando você ficasse um pouco maior, nós conversaríamos de novo sobre o seu papai? Bem, você já cresceu, e nós vamos conversar agora." Por instinto, percebendo a seriedade e que essa conversa iria mudar sua vida, ele arregalou os olhos e prendeu o lábio inferior com os dentes em um gesto de nervosismo. "Quando você operou, eu liguei… quer dizer, seu papai…"

Respirando fundo, ela disse: "Jack é o seu papai."

Petrificado, os olhos dele permaneceram em seu rosto até compreender, e ele olhou para ela com os olhos arregalados. Transparente, as emoções passavam por seus olhos como uma apresentação de slides.

Estupefato. Feliz. Cauteloso. Pensativo.

Ela deslizou a mão em seu ombro para dar apoio. Quando a mão do Jack tocou o seu outro ombro, Tristan se virou, e ela deixou de ser cúmplice dos seus

sentimentos. Em vez disso, ela observou o rosto do Jack, e viu o carinho tomar conta de todo o seu semblante.

Em silêncio, eles deixaram que ele absorvesse a novidades, e depois Jack disse suavemente: "Se você tiver qualquer pergunta, pode perguntar pra mim ou para sua mã... mãe", depressa, ele adicionou a última sílaba.

"Eu te chamo de Jack ou de Papai?"

"Como você quer me chamar?" Jack olhou ansioso para ela enquanto fazia a pergunta para seu filho.

"Papai."

# CAPÍTULO 25

O rosto de Jack radiava uma aura de emoções variadas. Seus olhos brilhavam gratidão ao olhá-la, e ele puxou o ombro de Tristan com gentileza em uma tentativa de abraço. Tristan se virou, jogando os dois braços ao redor do pescoço de Jack, clamando o seu colo. Ela se levantou e deixou os dois sozinhos.

Andando pela cozinha, ela montou uma grande salada e colocou parte dela em uma tigela, antes de devolver o restante à geladeira para mantê-la fria até o jantar. Ela colocou algumas gotas de azeite de oliva e vinagre, em vez do seu molho caipira preferido, já que cedeu à compulsão tomando sorvete na noite anterior e não tinha completado os exercícios que a livrariam dos burritos nessa manhã.

Antes de se sentar ao balcão com seu almoço light, ela despejou o feijão vermelho, que estava de molho desde cedo, no fogo baixo. Em seguida, ela adicionou uma grande fita de linguiça e polvilhou uma considerável quantia de tempero preparado.

Ironicamente, assim que ela terminou a salada, Jack e Tristan tiveram a ideia de sair para comprar sorvete. De novo. A quantidade de sorvete trazida para essa casa era absurda. Ela ganhava meio quilo só de andar perto da geladeira.

"Você vem com a gente, Mariss?"

Mariss. Da última vez que ele usou o apelido carinhoso, ela estava em seus braços. Bem, as pernas dela estavam em seus braços...

"Vamos, mamãe. Você precisa sair de casa." Tristan espiava do sofá, onde estava desligando o videogame, e ela caiu na gargalhada concordando. Por mais engraçado que fosse ouvir essa frase sendo dita por um menino de quatro anos, ele estava certo. A última vez que ela saiu, foi naquele encontro inesquecível, porém, esquecível, com o Joel. Uma noite que se repetia em sua mente, não pelo Joel, mas por causa do Jack.

Tristan tagarelava no banco traseiro do Audi alugado do Jack, sobre os sabores das três bolas de sorvete que ele queria, e Jack, após se divertir dando conselhos, desviou os olhos da rua e olhou para ela.

"Qual sabor você quer?"

"Pudim de banana." Era uma das suas sobremesas preferidas, e a versão congelada era igualmente deliciosa.

"Boa escolha", ele aprovou. "Todas as bolas ou só a primeira?"

"A primeira e única bola."

"Você está falando sério que vai pegar somente uma bola?" Seu tom pingava reprovação.

"Ela sempre pede assim", Tristan se intrometeu, avançando o máximo permitido pelo cinto de segurança em direção ao vão entre os dois bancos. "Isso se ela pega alguma. Na maioria das vezes, ela só pega colheradas do meu." A última parte foi um murmúrio de reprovação.

Marissa virou a cabeça, surpresa. Seu filho sempre foi generoso e dividiu quando ela pedia, mas era óbvio que ele guardava rancor.

"Prometo ficar longe do seu sorvete, seu egoísta", ela brincou, liberando um pouco da sua antipatia em um suspiro.

"Acho que você deveria pegar uma bola de pêssego com a de banana", Jack aconselhou resoluto, com um sorriso escapando pelos olhos e não pela boca.

"Isso não parece ficar bom."

"Fica bom, confie em mim", com jeitinho, ele voltou a falar com entonação de um perito em sabores.

"Eu quero só uma bola. Isso é um crime?"

Jack riu, e ela adorou ouvir o som da sua risada mais uma vez. Ali dentro do carro, quase chegando à sorveteria que oferecia uns duzentos sabores de sorvete artesanal, era fácil fingir que eles eram uma família de verdade, e não apenas unidos por sangue.

A sensação persistia enquanto eles entravam no estabelecimento frio, com Jack carregando Tristan de cavalinho. Lá dentro, Jack se virou, permitindo que seu passageiro tivesse uma melhor visão dos sabores, ficando frente a frente com ela.

Ela analisou suas características, imaginando se eles tinham voltado a ser como eram antes da discussão, ou se as palavras ainda estavam encravadas entre eles. Ela gostaria que eles estivessem de outro jeito. Ela não queria sofrer novamente, e ao mesmo tempo, queria cada pedacinho dele que pudesse ter, até que possuí-lo deixasse de ser uma opção.

Agora ela tinha consciência de que ficou temporariamente iludida pela presença de Jack em sua vida, dando apoio em um momento vulnerável. A forma como o sexo se tornou algo insignificante no segundo em que eles se desentenderam, a fez abrir os olhos. As mensagens que ele recebia no celular de vez em quando, as ligações pelas quais ele se retirava para atender no quintal, entre outras coisas, fez cair a ficha de que ele tinha outra vida à sua espera, do outro lado do país. *Rock stars* se casam com modelos, não com funcionárias de cassino… mesmo se a funcionária do cassino for mãe do seu filho.

Mesmo após ter pensado muito quando estavam no carro, Tristan ainda levou dez minutos para escolher os três sabores. Durante esse tempo, apesar da seriedade das suas divagações, ela e o Jack sorriam complacentes e faziam caretas enquanto o adolescente que segurava a concha vazia se tornava cada vez mais impaciente com seu pequeno consumidor.

Uma vez que entraram no carro, ela começou a distribuir guardanapos para o Tristan, alertando-o para não fazer bagunça. Jack encolheu os ombros, sem se importar. "É alugado. E daí se eles cobrarem mais uma taxa para limpeza? Nos divertimos, isso que importa."

Desviando a atenção da criança que estava pingando, ela pegou mais leve. Ela estava aprendendo que Jack veio de uma família afortunada, mesmo antes de ficar famoso com a música. Ele nunca entenderia a proporção entre dinheiro e diversão. Talvez Tristan crescesse com um equilíbrio saudável.

Ela terminou bem antes deles e apertou seu potinho, se segurando para não pedir uma colher de cada sabor do Tristan. Como se estivesse lendo os seus pensamentos, Jack lhe entregou o seu. "Experimente esse." Quando ela balançou a cabeça e recusou com educação, ele persistiu um pouco mais. "*Red Velvet...* Vamos. Você sabe que quer..."

Ignorando a provocação entoada por sua voz, ela esboçou um sorriso, mas se manteve firme. "Não. É sério, não quero. Mas obrigada por oferecer." Nesse momento, antes que pudesse se conter, ela lançou um olhar para o Tristan, um pouco chateada por ele guardar rancor das colheradas que lhe dava entre sorrisos.

"Controlando seu peso?", Jack brincou. De repente, a compreensão tomou conta do seu rosto, devido à expressão no rosto dela, ou a todos os sinais apresentados no tempo que passaram juntos. "Você está controlando seu peso!" Incrédulo, ele olhou para ela mais uma vez quando parou em um cruzamento, analisando-a.

"Na real", Tristan verbalizou, desviando a atenção do seu pote entre uma colherada e outra.

Jack ergueu uma das sobrancelhas escuras, olhando estupefato para o banco traseiro pelo retrovisor, e ela teve vontade de rir. Esse vocabulário do gueto, e qualquer outra gíria que Tristan estava rapidamente pegando ao "ouvir Jack ao telefone" era tão hilária quanto incômoda. A parte mais divertida era observar Jack aprender quão rápido as crianças absorviam o que estava ao seu redor.

"Ela se pesa todo dia, e anota", seu filho a entregou, engolindo a colherada apenas para concluir a frase, e ela o olhou indignada.

"Fala sério." Aparentando não acreditar, Jack voltou analisá-la, observando sua cintura e suas pernas

em vez dos seus seios, área em que ele costumava se esbaldar.

Ela começou a ponderar se ele pensava que um dia ela ficaria gorda. Logo em seguida ela se irritou ao perceber que se preocupava com sua aparência perto dele.

"Mariss, você está muito magra. Pensei que você tinha perdido peso por causa do estresse…"

"Muito magra." Ela segurou uma risada. "Essa cantada é típica."

"Cantada? Nunca usei isso como uma cantada", ele zombou enquanto fazia uma curva para a esquerda.

Ela não duvidada, já que ele sempre se envolvia com modelos muito magras. Ela engoliu a represália e respondeu: "Bem, você acabou de usar." Ajustando a saída de ar frio para ventilar direto em seu rosto corado, ela continuou: "Toda mulher do mundo sabe disso. Quando um cara solta essa, ele está querendo entrar na sua calça."

"O Jack não ia caber na sua calça."

Inspirando horrorizada, ela olhava fixamente para frente, incapaz de olhar para o Tristan. Foram raras as vezes em que ela se descuidou e cometeu uma gafe. E claro, a mais recente foi logo depois de ter praticamente acusado o Jack por não tomar cuidado com o que falava perto do Tristan.

"As pernas dele são muito compridas."

Ele continuava a análise do banco traseiro.

Ela ficou muda e fechou os olhos para não poder ver o quanto Jack se divertia com a situação.

"Não acredito que eu disse isso!", ela sussurrou baixinho para o Jack quando eles estavam sozinhos na cozinha. Ela jogou no lixo as colheres e os potinhos de isopor melados.

Jack só sorria enquanto levantava o saco de lixo e torcia para amarrar. Quando ele o levava para colocar na lixeira lá fora, ele se virou: "Não venha me dizer mais nenhuma palavra 'da hora'." Exibindo um semblante divertido, ele saiu.

Após colocar o arroz na panela elétrica, ela se esticou no sofá, se encostando ao braço oposto ao que Jack se encontrava esparramado. Logo ela começou a dormir ouvindo os barulhos do Tristan e Jack apostando corrida, e todos eles acabaram sentindo os efeitos da ingestão de açúcar.

Ela acordou com as pernas em cima das pernas do Jack e saiu de lá com cuidado. Depois ficou olhando para o pai e o filho, tão parecidos, principalmente quando dormiam. Tristan se mexeu na poltrona reclinável e, como se fosse instinto, Jack também se moveu. Ela tinha certeza de que queria se sentir assim todos os dias.

O feijão vermelho e o arroz acabaram ficando muito "da hora", de acordo com o Tristan, e o olhar de Jack se fixou no dela antes que ela o corrigisse. Jack lhe aconselhou mais cedo, em seu primeiro conluio como pai, para que ela ignorasse o novo vocabulário, concluindo que se ele parasse de ouvir a expressão sendo dita ao seu redor, também iria parar de repeti-la. Ficar corrigindo só faria com que ele memorizasse.

Ela e o Jack tinham voltado a conversar normalmente mais uma vez, e enquanto eles davam risada da última gracinha do Tristan, eles ignoraram os pedaços que ele jogava para a Bally. Pelo menos ele

tinha parado com o hábito de alimentar o animal com seu garfo.

Do outro lado do cômodo, o noticiário mudo que passava na tela da TV chamou-lhe a atenção. Quando ela voltou a olhar para eles, Jack tinha se interessado por algo mais próximo.

"O que é isto?" Ele estava analisando um envelope rabiscado e parou o garfo quando o levantava até a boca, surpreso com o que lia.

Marissa alcançou por cima do balcão e puxou da mão dele a conversa que Olivia tinha lhe aconselhado a anotar. Olhando de relance para o Tristan, ela murmurou: "Nada."

"Claro que não é nada. Você colocou aquilo no papel?"

"Porque Olivia sugeriu que eu anotasse."

O semblante dele ficou confuso, e após ela admitir, ele começou a suspeitar de algo, mas não disse nada e voltou a comer.

Ele adiou o assunto por pouco tempo.

Assim que Tristan foi colocado na cama, depois de três histórias, Jack se juntou a ela no sofá. De alguma forma, ela havia sucumbido à vontade deles e tinha se tornado uma viciada no jogo de corrida.

"Quer jogar?" Levantou o controle, enfatizando a pergunta.

Como se não tivesse escutado, ele começou a questioná-la. "Por que você anotou aquelas coisas?"

Ela desistiu e posicionou o controle na mesinha de centro, ponderando suas palavras.

"Olivia falou que eu poderia ter interpretado errado o que você disse. Que eu conseguiria ver com mais clareza se colocasse no papel."

Ele relaxou a postura e se curvou, descansando os braços nos joelhos e mantendo o foco no chão. Quando voltou a atenção para ela, seu olhar era sutil e suas palavras eram gentis.

"E o que você acha?"

Ela poderia sufocar com o caroço em sua garganta. Após reler enquanto limpava a cozinha, ela não tinha mais certeza de que Jack havia falado em guarda total naquele horrível desentendimento. Ela só conseguia criar suposições sobre o que ele falava. E criar suposições só fazia com que ela criasse esperança. E esperanças podiam ser destruídas.

"Eu acho que tirei conclusões precipitadas."

"Eu tenho certeza."

# CAPÍTULO 26

Jack saltou por cima do braço do sofá, como um daqueles movimentos feitos no palco aos quais ela tinha assistido nos vídeos do Jackal, e atravessou a sala até o balcão da cozinha. Ele voltou na mesma hora com o envelope em mãos. Segurou-o de modo que estivesse visível para ambos e leu baixinho suas anotações:

*"Eu perdi cinco anos da vida dele. E foram anos difíceis para ele..."*

*"Você é uma ótima mãe."*

"Tenho certeza que aqui eu disse 'a melhor'." Apontando para aquela parte específica, ele esboçou um sorriso.

*"E sei que minha vida provavelmente não é a melhor para ele. Eu iria parar de fazer turnê. Estou quase fazendo isso, de qualquer forma. Mudanças na minha banda. Muitas reuniões."*

*"Não quero estar distante do Tristan por seis estados. Não sei o que fazer."*

*"Muito tempo foi desperdiçado. Eu quero tudo."*

Por fim, ele voltou a falar: "A parte mais importante é a última."

Ela estava tão nervosa que começou a ouvir um zumbido no ouvido, semelhante ao que aconteceu na gravidez quando estava com pressão alta.

"Eu estava tentando te dizer que eu me tornei ganancioso com toda essa coisa de ser pai."

Por alguns segundos silenciosos, o olhar dele permaneceu no papel, e depois fitou o seu rosto. Os olhos que ela fitava eram tão escuros e doces como o chocolate com o qual ela os comparava e brilharam quando continuou:

"Eu estava tentando dizer que eu quero o nosso filho. E também quero a mãe dele."

Sua cabeça começou a rodar, processando tudo mais rápido que o processador do laptop em cima da mesa, para onde ela olhou em pânico. Por fim, ela teve coragem o suficiente para voltar a olhar para o Jack, quando ele deu sequência.

"Quando te conheci, quando nós…"

Jack parou, incapaz de encontrar o que considerava ser a palavra certa para definir o fulminante envolvimento que eles tiveram em um leito do ônibus, e ela foi tomada pela sensação familiar que inundava seus sentidos sempre que se permitia pensar nisso, mesmo após todos esses anos.

"Mariss, eu não conseguia parar de pensar em você. E nos "e se". E se nós saíssemos; e se estivéssemos destinados a ficar juntos. Mas minha banda estava decolando de forma insana. E aí, toda vez que eu começava a enlouquecer e queria vir te ver, ou fazer algo a respeito do que eu estava sentindo, alguma coisa acontecia e me mantinha ocupado; eu ficava muito cansado para pensar. E você voltava para o fundo da minha mente, onde era mais fácil de lidar."

O papel caiu na mesinha quando ele se levantou e começou a andar.

"Aí, após alguns meses, eu não conseguia tirar você da minha cabeça. A turnê havia acabado. Eu tinha um tempo livre." Em um ato inconsciente, ele pegou uma foto do Tristan antes de colocá-la de volta na estante. "Eu acabei te convidando para ir me visitar." Ele se referia a LA. "Eu não tinha nem ideia de que iria te convidar. Acabou acontecendo."

Ela voltou a pensar sobre aquela noite, lembrando-se de como ela havia ficado surpresa, e sua cabeça virou um turbilhão enquanto as palavras dele eram processadas. Ele tinha sentido, desde o início, a mesma conexão que ela.

Os olhos de Jack estavam fixos em seu rosto. "Eu achava que você se sentia da mesma forma, e parte de mim não se importava com isso. Porque se não fosse recíproco, pensei que poderia te convencer em me visitar só por eu ser famoso. Aí, eu poderia te conquistar, fazer você se apaixonar por mim."

Ao ouvir essa frase, ela ponderou se ele tinha consciência de que às vezes ele falava versos das suas músicas.

"Mas você me desprezou com força." Uma careta irônica apareceu em seus lábios. "Eu nunca consegui superar. Que você não aceitou."

"Agora você sabe o porquê de eu não ter aceitado…"

Ele assentiu e continuou, as palavras saíam em frases curtas: "Eu gosto da música. Mas não do estilo de vida. Não mais. Ultimamente, estou esgotado. Eu odeio

a estrada. E odeio voltar pra casa. Para uma casa vazia."
Ele olhou para ela. "E você reapareceu em minha vida…
com uma família completa. E eu comecei a pensar de
novo nos 'e se'."

Ela olhava enquanto ele andava de um lado para o
outro e tentava acompanhar suas palavras aleatórias.
Observava, petrificada pela intensidade emocional que
alimentava o fervor de suas palavras. *E se*. E se o quê?
Seu coração batia com força.

Ele se aproximou um pouco e parou, com os
olhos presos aos dela. "Seja lá o que estiver acontecendo
entre a gente, está sendo muito rápido pra mim. Eu
nunca me senti desse jeito tão rápido. Inferno, nunca me
senti assim."

Ele se sentou na mesinha de centro e olhou fixo
em seus olhos mais uma vez. Como parecia que ele
estava esperando, ela afirmou: "Também está sendo
muito rápido pra mim." Isso era um eufemismo. *Isso*,
seja lá que for, também a atingiu com força. "Tão
rápido que me assusta."

"Não tenha medo." Ele levantou a mão e passou
pelo cabelo que caía no ombro dela, e a ponta do seu
polegar acariciava seu lábio inferior. "Tá bem?"

O gesto e a entonação da voz eram muito suaves e
tranquilizadores. Ela sentia a garganta obstruída e só
conseguia assentir. Ela olhou para o redemoinho de tinta
no braço dele, e ele desceu a mão. Descansou os
cotovelos no jeans e segurou as mãos dela.

Ainda havia mais alguma coisa. O olhar dele era
sério, tão sério que ela estava apavorada, mesmo após
ele ter acabado de fazê-la confiar nele, nela, e no que
estava acontecendo entre eles.

"Mariss?"

228

*"O quê?"*, era o que ela deveria ter falado, mas sua voz tinha sumido.

"Eu acho que te amo." Ele pausou um pouco antes de falar apressado. "Eu sei que te amo. E no outro dia, eu estava de joelhos, prestes a te pedir…"

"O quê?" Dessa vez as palavras saíram como um sussurro inesperado quando ele ficou quieto, e ela piscou, precisando se assegurar de que não havia se deixado levar por uma de suas fantasias. *AMA? E pedir o quê? Em CASAMENTO?*

Ele se movimentou e se sentou no sofá.

"Eu estava. Você se lembra de que eu me ajoelhei ao seu lado? E eu não sei como se tornou tão confuso. E o que aconteceu no meio da confusão, foi que voltei a ser racional. Eu sei que seria um ato impulsivo."

Antes que ela pudesse se sentir triste com a última afirmação, ele explicou: "Eu quero me casar com você. Mas sei que precisamos desenvolver um relacionamento antes disso. Temos que parar de fazer as coisas de trás pra frente."

De trás para frente lhe deu o Tristan, e ela nunca se arrependeria disso. Mas ela sabia o que ele queria dizer. Ela já estava pronta para mergulhar em um casamento após apenas um beijo do lado de fora do quarto do Tristan no hospital… planejar e fazer o que fosse necessário para alcançar o seu objetivo, o que tinha sido irracional e errado.

"Eu fiz o mesmo com os 'e se'", acabou confessando, e agora era ela que encarava o chão, refletindo em suas palavras. "Por muitos anos. Sentia-me destinada a você, de alguma forma. Algumas vezes, quando não conseguia dormir à noite, nos imaginava

como uma família. Eu sentia que te conhecia mesmo antes de você ter chegado ao hospital naquele dia."

Como confessou suas fantasias, ela continuou a divulgar sua humilhação: "Mas eu não conhecia aquele cara que desligou o telefone naquele dia. Você não era o que eu imaginava. Depois daquilo, no fundo, acho que eu sempre estava com medo de que aquele cara fosse aparecer novamente."

Seu olhar procurou o dele, e antes que ela pudesse voltar a falar, ele o fez.

"Não sei por que algumas vezes eu falo merda. Eu também não conheço aquele cara. Infelizmente, tenho que viver com meus erros." Mexendo no cabelo dela, ele disse com suavidade: "Não quero que você seja uma dessas coisas que eu pisei na bola."

"Não sou. Eu sou uma das coisas que eu pisei na bola."

"Você não é. Não é, Mariss."

O coração dela batia forte como sempre, quando ele diminuiu o espaço entre eles. O beijo era carinhoso e doce, e antes que pudesse se incendiar, ele se afastou levemente, mantendo o contato com os dedos, massageando o seu pescoço.

"Eu tinha um plano, ou algo do tipo. Mas me diga o que você acha, tá bem?"

Cuidadosa, ela se preparou para se defender contra tal plano, já que ele usou quase as mesmas palavras no quarto de exercícios, para falar sobre a guarda do Tristan.

"Eu preciso ficar em LA nos próximos seis meses, no mínimo. Um ano, no máximo. Mas não quero mais ficar longe de vocês. A semana em que fiquei longe após sair do hospital pareceu durar um ano. Você e o Tristan podem se mudar para LA? Depois desse tempo, podemos nos mudar para algum lugar perto daqui, se você quiser."

Ela foi banhada por uma onda de emoção e de perguntas. "Você ainda está pedindo minha mão em casamento?" O questionamento era arriscado, mas ela estava cansada de confusões.

Ele não confiava com facilidade. E ela tinha o hábito de se esquivar. Isso tinha que acabar.

"Estou perguntando se você quer se casar um dia. Porque sei que quero me casar com você. Mas precisamos desenvolver um relacionamento. E o seu pedido tem que ser espetacular. Então, isso não é um pedido."

Ela não conseguiu se segurar. E gargalhou com o absurdo. Mas o olhar solene e amoroso naqueles olhos escuros, assim como a expressão de devoção, fez o seu não-pedido funcionar.

"Você está rindo porque está feliz? Ou porque sou um idiota cretin…"

"Jack! Não arruíne o momento xingando. Eu sempre vou olhar para trás e pensar nisso como o seu verdadeiro pedido."

"Não depois de ser pedida de verdade." A promessa foi acompanhada pelas sobrancelhas arqueadas e um sorriso travesso que ela conhecia muito bem, e amava… a expressão que ela sempre queria beijar até sumir.

E assim ela o fez.

"E então?"

As costas dela estavam no sofá, e ele se afastou daquele beijo épico por tempo o bastante para lançar a pergunta, enfatizando com outro resvalar de lábios nos dela.

"Então o quê?"

Não era modéstia. Ela não tinha ideia do que ele estava falando. Enquanto esperava por sua resposta, ele se apoiou no antebraço e involuntariamente puxou uma das camisas do Tristan de dentro do sofá. Jogando-a para o lado, ele colocou seus lábios logo abaixo da sua orelha.

"Vocês vão voltar para LA comigo na sexta?"

"Sexta?"

Levantando-se o bastante para fitar seu rosto mais uma vez, ele procurou seus olhos, e ela tirou o cabelo de sua frente.

"Eu tenho que ir a um evento. Festa de lançamento do álbum. Mas se você não puder ir, posso levar a 'lingerina'…"

A partida de luta livre acabou com ele encontrando a segunda camiseta do Tristan no sofá, e, de brincadeira, envolveu o pescoço dela, fingindo que a enforcava.

"Tá bom. Sim. Eu vou." Ela encenou, tossindo a resposta, agarrou a camiseta quando ele soltou e usou-a para bater nele. "Achei que esses eventos verificassem os antecedentes dos convidados. Você consegue verificar os antecedentes em um dia?"

"Eu poderia, se quisesse de verdade. Mas eu não preciso. Já foi feito."

"Você me espionou?"

Isso soava muito mais como uma violação do que pesquisar em sites de fofoca pela internet. Ainda assim, ela deveria ter esperado que isso fosse acontecer após ligar, do nada, reivindicando ser a mãe do seu filho. Ela percebeu que estava errada com o que ele disse em seguida.

"Pedi para o meu advogado dar continuidade no outro dia e se apressar. Para que você pudesse começar a me acompanhar nessas coisas."

Ali, naquele exato momento, o coração dela explodiu de amor, e ela o puxou para baixo, se expressando através de um beijo apaixonado. Mesmo quando eles tinham se desentendido, e não estavam conversando, ele tinha enxergado que o problema era temporário. Ele ainda enxergava um futuro com ela.

Ela nunca ficaria satisfeita por apenas beijá-lo; não podia imaginar passar um dia, sequer anos, em que não desejaria seus lábios, a provocação de suas línguas.

Mas ela não se importou quando a atenção dele se desviou para baixo.

Cravou os dedos no cabelo dele quando ele dividiu sua atenção por igual, ou não. Ela não tinha certeza. Tudo que ela sabia, era que a cada rodopio da língua dele, ou puxão de seus dentes, parecia mais fulminante que o anterior.

Sua blusa se amontoou embaixo de seus braços, seu sutiã estava aberto e pendurado e sua calça jeans desabotoada, mas ela interrompeu quando ele segurou o cós.

"Nós somos pais, e não ficantes…"

Não fazia sentido. Ela estava tentando dizer que, nesses dias, o Tristan estava agindo de forma mais furtiva que o normal, porque não dependia muito de suas muletas. Entretanto, ela era incapaz de formar uma frase sensata com ele fazendo aquilo… provando, com um dedo, que as roupas não eram uma barreira…

Ele levantou a cabeça o bastante para que ela pudesse ver o sorriso que tanto amava, e reformulou: "Somos pais que estamos ficando." E com isso, ele a colocou de pé, e quando seus passos não foram rápidos o bastante, ele a pegou no colo e a carregou até o quarto.

No estilo nupcial.

# CAPÍTULO 27

Frango com quiabo. Essa era a nova comida preferida dele. A primeira vez que Jack experimentou, tinha sido em uma noite que era tão podre em sua memória quanto tinha sido épica.

A noite em que Marissa foi a um encontro, após ele não ter conseguido parar de pensar em beijá-la como um louco quando estava no avião ou enquanto dirigia até lá. A mesma noite em que ele, por quase seis horas seguidas, brincou de karaokê, jogou escadas e serpentes e leu livros para seu filho.

"Jack?", a vadia das suas lembranças e o amor da sua realidade, o retirou de seus devaneios.

Olhando para ela do sofá, Jack viu que ela segurava dois cabides. Inconscientemente, sua cabeça primeiro se fixou no vestido solto, que se lembrava de ela ter usado, e no seu modelo. Na luz do sol, durante um passeio para comprar sorvete, ele o observou ficar transparente o suficiente para que ele pudesse ver a sombra das suas pernas quando ela andava. A outra opção era uma calça que ele ainda a veria usando… capri, se ele estava certo ao se lembrar do nome do

modelo… e uma blusinha preta combinando. Ela ficava muito gostosa de preto.

"Qual deles?", ela indagou na mesma hora, lançando um olhar para o relógio em cima da televisão da sala.

Observando o cabelo úmido e despenteado que começava a ondular em volta do seu rosto ansioso, e dos membros pouco bronzeados que não estavam cobertos pela toalha macia que escondia as partes boas do seu corpo, ele sentiu a contração de um sorriso.

E não era só isso que tinha se contraído.

Desceu os pés da mesinha de centro até o chão, com a intenção de uma rapidinha no banheiro. Cinco minutos. Com certeza ela iria concordar. Talvez ele pudesse fazer um acordo. Sua mente discorria sobre os possíveis subornos sensuais… e pensar nisso o fazia…

"Então, qual deles?", Mariss pressionou. Ela ainda estava pensando nas roupas. Quando ele demorou para responder, ela parou de olhar para os cabides e olhou para ele, até algo desviar seu foco e ela estreitar os olhos. "Você já está comendo o quiabo?"

Sua irritação foi momentânea, já que na mesma hora ela voltou a olhar para o seu rosto e congelou, lendo com perfeição suas segundas intenções. O desejo era nítido na dilatação que obscurecia seus olhos. Seus lábios aparentavam estar levemente inchados de tanto beijar… e devido a outras coisas, feitas nos últimos dois dias. Eles se partiram como se estivessem antecipando as coisas que ele desejava, que ela desejava.

Isso tudo estava acontecendo no espaço de poucos segundos, mas, infelizmente, durou a mesma quantidade de tempo para que fossem interrompidos pelos outros dois ocupantes da casa. Ainda ontem,

Tristan havia começado a usar apenas uma muleta, e andava em um ritmo bem mais acelerado. Bally trotava à frente, e o ruído das suas patas alcançou a sala logo antes de seu filho.

"Não consigo achar minha camisa!"

Relutante, Jack desviou o foco de Mariss, mas seu coração se inflou de imediato, ao ver o rosto do seu filho. "Qual o problema, rapazinho?"

"Não consigo achar minha camisa." As palavras do menino estavam carregadas de irritação. Jack estava aprendendo rapidamente que Tristan não gostava de repetir ou de explicar o que havia falado, e conteve um sorriso. Sua mãe ia surtar quando descobrisse essa peculiaridade. Tristan havia herdado essa característica de sua irmã, Meg.

"Qual camisa?", Jack inquiriu.

"A vermelha, da guitarra. Estava na minha cômoda, agora não está mais."

"Tristan, querido, eu lavei", Marissa respondeu.

"Você pode pegá-la pra mim?"

"Ela ainda não secou", Marissa retorquiu. Suas palavras eram cuidadosas.

"Por que você fez isso? Eu queria usar", Tristan reclamou, e o som era muito diferente do que Jack conhecia de sua personalidade até o momento. Marissa, entretanto, não aparentava estar surpresa, e essa estranha mudança de humor explicava a entonação cautelosa de sua voz. Jack pensou se seu filho já tinha encenado uma crise de birra como os filhos da Meg faziam.

"Querido", Mariss falou com gentileza, "você não pode continuar pegando da roupa suja. Ela precisa ser lavada às vezes."

"Por favor, pega pra mim, mamãe." O resmungo agora era acompanhado pelo brilho das lágrimas, mas a atenção visual de Marissa havia retornado para os cabides em sua mão.

"Tristan, está molhada…" A entonação de sua voz estava diferente, se tornando mais direta.

Jack se levantou do sofá e rapidamente interceptou, pegando seu filho nos braços antes que ele pudesse reclamar com outro resmungo. Com certeza Tristan aparentava estar decepcionado o bastante para chorar. "Vamos lá verificar a situação."

"Jack, está molhada, dentro da máquina…"

Esboçando um sorriso encorajador, ele arqueou a sobrancelha para Marissa, querendo dizer "deixa comigo", e seguiu para a lavanderia. Ele colocou Tristan em cima da máquina de lavar-roupas, abriu-a e começou a mexer no meio das roupas úmidas. Encontrou a camisa vermelha e entregou-a para o menino. Depois, esvaziou o tambor da secadora, deixando apenas uma das camisetas, jogou a camisa vermelha lá dentro e ativou o timer.

"Certo, vamos pegar outra camiseta para vestir enquanto essa está secando."

Jack parou para recolher a muleta no chão e carregou Tristan até seu quarto, e começou a árdua tarefa de encontrar alguma coisa que ele realmente iria usar para o jantar dessa noite.

Talvez, na cabeça do menino, ele soubesse, de certa forma, o quão importante seria essa noite. Além de receber a visita dos avós que ele conhecia e tanto amava, ele também conheceria os pais do Jack… avós de que ele nem sabia da existência até ontem.

Os planos foram feitos no dia anterior e metade do dia de hoje.

Marissa e Tristan voltariam com ele para LA para passar umas semanas, depois iriam sair em turnê com ele, e finalmente voltariam para casa para pegar o que era importante e a fechariam para ficar vários meses fora.

Já que os pais de Marissa estavam-na deixando louca, querendo conhecê-lo, e os pais dele estavam histéricos para conhecer a ela e ao Tristan, eles decidiram fazer as duas coisas ao mesmo tempo.

Apenas um encontro familiar resolveria o problema do tempo, e, também, Jack se sentia mais confortável perto de seus pais, assim como Marissa, quando ambos seriam apresentados aos seus futuros sogros.

A mãe dele queria que todos voassem até Dallas, para a casa da sua família. Jack sabia que o motivo por trás disso era sua irmã, Meg, que provavelmente estaria presente se todos se encontrassem em Dallas. Porém, Marissa explicou que seus pais não se sentiriam à vontade com esse arranjo e propôs que todos viessem até aqui.

AQUI. Aqui, nessa casa.

Aí, além disso, Marissa abortou a ideia de comer fora e decidiu que ela própria iria cozinhar. Quando Jack pensou melhor sobre isso, ele teve certeza de que essa ideia era pelo bem do Tristan.

A campainha tocou assim que Tristan passou a cabeça pela gola da camiseta de carros que escolheram. Jack prometeu deixá-lo trocá-la pela camisa de guitarra logo que ela estivesse seca.

"Jack!" A voz de Marissa ressoou do seu quarto por todo o corredor. "Você pode ver? Por favor?"

Ele respondeu concordando e parou em frente à porta de entrada. Pelo olho-mágico, ele avistou o casal que estava no hospital naquela primeira manhã fatídica. Ele saiu de fininho para longe da porta e se dirigiu até o quarto dela, onde parou abruptamente ao vê-la.

Sexy.

Ela escolheu o vestido. De algum jeito, nos vinte e cinco minutos que se passaram desde que ele a viu, ela havia passado maquiagem, seu cabelo tinha secado e estava apenas úmido.

Merda, ele amava o cabelo dela. Todavia, não era hora de pensar nos diferentes níveis de sensualidade que ela possuía.

"São os seus pais", ele a informou.

"Você abriu a porta para eles?" Era óbvio que ela sabia que ele não o fez.

"São os seus pais. Você abre a porta para eles…"

A campainha tocou de novo, e quando Marissa se levantou nas pontas dos pés e colocou as mãos em seus ombros, o corpo dele se inclinou de forma automática em direção ao dela. O beijo encorajador foi breve e sutil, ele não se endireitou até ela ter terminado de beijá-lo. Em seguida, ela deu a volta nele e foi atender a porta.

Ele ouviu cumprimentos ecoarem pelo corredor, ficando mais próximos. De repente, Jack se deu conta de que estava parado dentro do quarto da filha deles. Como se ele pertencesse ao local. Como se ele passasse todas as noites na cama dela. Como se toda noite ele a fodesse até ela entrar em coma…

Pensando melhor…

Ele correu até o banheiro dela e fechou a porta. Abriu a torneira e a água descia rodopiando pela pia, com as mãos, ele levou um pouco de água fria até seu rosto, depois pegou a escova de cabelo e refez o rabo que prendia seu cabelo para trás.

Parecia que eles estavam na cozinha, com o Tristan, e ele saiu do banheiro assim que a campainha tocou mais uma vez. Ficando o mais longe possível do quarto dela, ele espiou pelo olho-mágico novamente, e se tranquilizou ao ver seu pai com o braço descansando de leve no ombro de sua mãe.

Marissa disparou pelo corredor até a porta, mas quando viu que ele já estava lá, sorriu e voltou para a sala. Agora que a hora havia chegado, ela era tão covarde quanto ele sobre essa noite.

"Mãe!" Automático, ele fechou os braços ao redor da mulher que o gerou, segurando-a quando ela se jogou em cima dele. Seu pai estava acostumado com isso, e simplesmente alcançou ao redor de sua esposa para apertar os braços de Jack com ambas as mãos.

"Jacks", seu pai brincou, "é necessário um neto perdido há muito tempo para conseguirmos nos encontrar com você esses dias?"

Sorrindo, Jack replicou: "Ando ocupado. Mas as coisas devem desacelerar em alguns meses."

"Certo…", seu pai comentou com sarcasmo, claramente não convencido, já que ele conhecia em primeira mão o ritmo frenético exigido pela profissão de músico.

"Então, Jacks…" Sua mãe se afastou devagar, mas manteve o contato, dando tapinhas no seu blusão com um sorriso. Sem dúvida ela sabia o motivo de ele estar vestindo um blusão quando lá fora fazia vinte e sete graus. Embora sua mãe tivesse ficado horrorizada com sua primeira tatuagem, quando suas mangas estavam completas, ela não se importou. "Vamos conhecer o neto mais velho. Eu queria ter visto a cara da Meg quando ela ficou sabendo que não tinha sido a primeira em alguma coisa." Sua irmã tinha começado a ter filhos há uns anos, e seu filho mais velho era um ano mais novo que o Tristan.

Como em um desfile, eles caminharam pelo corredor, e Marissa os interceptou assim que eles entraram na sala, tocando o braço dele com os dedos, à procura de segurança. Entretanto, durante as apresentações, ela soltou o seu braço ao notar a mão de sua mãe apoiada no outro.

Marissa estendeu a mão. Para a surpresa de Jack, sua mãe não a puxou para um abraço amigável e manteve a voz indiferente. Seu pai se aproximou e aceitou o aperto de mãos, e sua voz soou muito mais acolhedora.

Quando Jack notou Tristan escondido atrás de Marissa, ele se ajoelhou e o pegou no colo, tentando ignorar a intensa análise sendo realizada por seus futuros sogros, que ele ainda precisava conhecer. Os pais de Marissa aguardavam com educação, um pouco afastados do cenário. Através da sua visão periférica, ele podia ver que eles o observavam com o mesmo interesse que demonstraram naquele dia no hospital.

"E esse garoto é o Tristan!", orgulhoso, Jack apresentou seu filho.

Seus pais ficaram malucos com o Tristan. Sua mãe ergueu os braços, mas Tristan se encolheu para perto do Jack. Jack sentiu o coração apertado quando os bracinhos envolveram e espremeram seu pescoço.

Conhecer os pais de Marissa era tão intimidador quanto conhecer pais no primeiro encontro, ele sentia o olhar ameaçador após apertar a mão do pai dela. A Sra. Duplei era distante de uma maneira diferente. Ele sentia que a hostilidade do pai da Marissa era protetora, enquanto a da sua mãe era degradante.

A mãe do Jack ganhou a confiança do Tristan após vinte minutos. O pequeno ficou perto de onde sua nova avó se sentava no sofá. Eles conversavam baixinho enquanto ele mostrava seus Hot Wheels preferidos, e conversava animado sobre novos que ela tinha trazido de presente.

Seu pai ficou sentado observando o neto com um olhar enigmático, o que Jack entendia perfeitamente. Tristan era seu primeiro neto. Se seu pai estivesse vendo a mesma similaridade que Jack viu naquele primeiro dia, era uma sensação maravilhosa.

Seus pais se deram bem rapidamente, e como sua mãe estava envolvida com o Tristan, restava a ele e a Marissa lidarem com mãe dela. A mulher era um enigma, para dizer o mínimo.

Talvez ela não tivesse ideia de quem ele era na mídia. Talvez ela apenas se importasse com quem ele era em sua vida particular. Ele estava sendo tratado como se fosse um criminoso. Isso, sem a mulher saber das tatuagens, e ele não estava usando nenhuma joia.

"O que é que você faz na Califórnia, Jack?" A pergunta foi feita quando a Sra. Duplei acendeu um cigarro logo após ter apagado o anterior. Marissa tinha pegado alguns cinzeiros na gaveta da cozinha antes da chegada deles.

Jack olhou para Marissa e, ao notar a expressão de arrependimento, percebeu que ela não tinha contado

243

sobre sua "carreira" para seus pais. Sem ter certeza do motivo, ele hesitou, e através de sua visão periférica, viu que seus pais estavam tão perplexos quanto ele. O rosto da mãe dele estampava simpatia enquanto observava o interrogatório, e seu pai exibia uma expressão divertida após superar o choque inicial.

"Eu, é, música. Produção musical…"

Os lábios de Marissa soltaram um suspiro exagerado e sobressaltado, e ela se levantou depressa, dizendo: "Preciso conferir o jantar. Me certificar de que não está queimando. Mãe, você pode vir experimentar o tempero pra ver se eu acertei?"

"Marissa. Você não pode adicionar tempero no último minuto e esperar que fique saboroso. Precisa cozinhar…", sua mãe a censurou e se levantou, pronta para salvar a refeição. "Você ao menos começou usando manteiga?"

Jack queria se intrometer e afirmar que já tinha experimentado, garantindo que a refeição estava épica, mas se conteve. Uma outra vez. Lembrando-se de como a mulher tinha rebaixado Marissa ao telefone naquele dia no hospital, e pelos comentários sarcásticos dessa noite, ele sabia que nunca conseguiria ficar em silêncio quando ela diminuísse a filha.

O balcão que servia como mesa portava apenas quatro banquetas, e eles se dividiram em grupos para comer.

Sua mãe e seu pai se sentaram ao lado de Tristan no balcão, Jack ficou dividido entre se sentar na outra banqueta ou se sentar com a Marissa e seus pais na sala. O pai de Jack reconheceu o dilema, e simplesmente arqueou as sobrancelhas e moveu o braço, descansando-o no encosto da banqueta que sobrava. Foi um tipo de expressão silenciosa, e, seguindo o conselho não pronunciado, Jack atravessou o cômodo, para se sentar com a Marissa no sofá.

Eles estavam conversando sobre o progresso físico de Tristan, e sem olhar diretamente para ele, Marissa apoiou a mão em seu joelho de forma possessiva.

Quando a conversa se dissipou, ela virou o rosto e lançou um sorriso travesso. "Como está o quiabo?"

"Talvez eu precise provar um segundo prato para decidir", respondeu alegre, e seu coração bateu mais forte quando ela parou com a colher dentro boca.

Comendo depressa, ela perguntou: "Um segundo prato? Tem certeza que não vai precisar de três?"

Brincar com as palavras com ela era um dos seus passatempos preferidos. Provavelmente, ele tinha se apaixonado da primeira vez que brincaram com as palavras, no ônibus da turnê.

No papel de anfitriã, Marissa serviu mais bebida e dispensou ajuda. No papel de mãe, ela cuidou do Tristan. Para garantir que ela não fizesse o papel de empregada, Jack se prontificou a ajudá-la com a limpeza, fazendo questão de exibir um sorriso para os pais dela enquanto recolhia a louça usada. O sorriso não fez com que ele ganhasse pontos com a mãe dela, mas seu pai estava se derretendo.

Deixando a louça na pia, ele percebeu que agora sua própria mãe estava mais amigável com a Marissa.

"O seu filé estava maravilhoso", a mãe dele elogiou. Ele analisou seu semblante com surpresa, já que ela não costumava elogiar. Filé?

"Obrigada."

"Eu não comia nada tão bom assim desde criança."

Com essa frase, Jack se lembrou de parentes que encontrou apenas uma ou duas vezes no sul da Louisiana. Na sua infância, quando eles não estavam na estrada ou em Dallas, eles estavam em Destin, na praia, na sua segunda casa. Se a família do seu avô estivesse presente, era lá que ele encontrava seus primos e onde surfavam e dividiam uma generosa porção de jambalaia de camarão.

"Não consigo acreditar que você fez o Jack comer comidas típicas!"

Marissa esboçou para ele um daqueles doces sorrisos, porém, arrebatadores. "Acho que ele não gostou. Comeu só duas vezes..." Interrompendo a fala de propósito, jogou nele um papel toalha úmido. "Olha pra mim se o Tristan não está no colo do seu pai com o rosto sujo de comida?"

Jack se virou e viu que, de fato, Tristan estava sentado no colo do seu pai, como se fizesse isso desde o dia em que nasceu.

"Já limpei", Jack confirmou. Ele tinha limpado o rosto do filho antes que ele saísse de perto do balcão. Deixando-se levar pelo clima do momento, ele puxou sua cintura quando ela passou do seu lado.

Os pais da Marissa foram os primeiros a se retirarem, e os de Jack ficaram por mais uma hora. Embora Tristan já tivesse passado da hora de dormir, o menino não demonstrava cansaço enquanto conversava com seus novos avós. Tristan deu a mão que não usava para se equilibrar na muleta para sua nova avó, e a levou pelo corredor para mostrar-lhe o quarto decorado com carros.

246

Jack seguiu sua mãe até o quarto do filho, já que Marissa conversava com o pai dele.

"Jack, isso é mais que incrível." Sua mãe não falava exatamente sobre o quarto, e Jack assentiu, concordando.

A presença de Marissa e Tristan em sua vida mudou sua perspectiva. Ele se sentia necessário. Aceitou a responsabilidade de braços abertos. Ele abraçou o amor e a companhia.

"Papai gosta do meu quarto", Tristan informou à sua avó. "Ele pode dormir aqui quando a gente comprar outra cama. Mas agora, ele dorme no sofá."

A mãe de Jack sorriu com o entusiasmo do Tristan, mas olhou para o filho questionando, provavelmente com medo de ter entendido errado a situação. Jack procurou tranquilizá-la de que estava tudo bem, sem criar uma situação embaraçosa.

"Não tem problema. Não me importo em dormir no sofá." Ele colocou uma entonação um pouco mais grave na palavra com "d" e ficou de costas para sua mãe, indo até a cômoda do Tristan para pegar seu pijama.

Ele ia para o sofá todo dia de manhã. Teria que colocar em prática o pedido de casamento "espetacular". Mariss já tinha questionado o número de quartos da sua casa em LA e o informou de que ela iria "dormir", com entonação, em quarto separado até que eles estivessem casados, pelo bem do Tristan.

"Eu gostaria que vocês pudessem ficar conosco por uma noite antes de irem para LA", a mãe dele comentou enquanto se levantava à frente da estante de livros que Tristan estava mostrando.

Na próxima tarde, todos eles estariam voando para Dallas, mas após o desembarque dos seus pais, ele,

Marissa e Tristan iriam para o aeroporto Van Nuys e, de lá, seguiriam para a casa dele.

"Eu também. Em breve. Prometo", Jack garantiu para sua mãe enquanto ajudava Tristan a trocar de roupa para dormir.

"É melhor que você esteja falando sério. Eu deixo passar quando se trata apenas de você, mas você não vai vadiar com meu neto. Pode perguntar para a Meg."

"Não vou vadiar com seu neto, mãe." Ele revirou os olhos, mas deixou escapar um sorriso.

Não era segredo que sua mãe sofria de ansiedade de separação por causa dos netos. Era surpreendente que ela tivesse lidado tão bem com o fato de os dois filhos morarem na Califórnia. De qualquer forma, seus avós, tios, tias e primos que moravam em LA conversaram com ela para tranquilizá-la sobre ele e Meg morarem lá. Ela usava esse fator como desculpa para visitá-los e espiá-los, com o que ele não se importava nem um pouco... não da mesma forma que já havia se importado quando tinha vinte anos e ouvia horrores sobre seus amigos, namoradas, sobre tudo.

"O que é vadia?" Tristan franziu o rosto e a mãe do Jack se sobressaltou.

Jack também ficou estupefato. Sério, será que seu filho teve algum tipo de conexão com sua mente enquanto as mulheres do seu passado passaram por sua cabeça? Depois ele entendeu que seu filho deve ter falado "vadiar". Era isso, ou o Tristan já tinha ouvido a palavra com "V" e perguntou por ter achado que estava ouvindo de novo.

Com cuidado, Jack pronunciou a palavra certa, se certificando de que o "R" fosse ouvido, e explicou vadiar da melhor forma que podia para uma criança de quatro anos. A mãe dele se divertia à custa de cada minuto da interação, e assim que a explicação terminou, ela foi para a sala, com certeza para contar a primeira história fofa do seu neto para todos os que pudessem ouvir.

Maravilha. Mais uma palavra para a Marissa pegar no seu pé.

"Ligue pra gente amanhã. Vamos tentar voar no começo da tarde", seu pai planejava enquanto eles estavam parados na porta da frente. Sua mãe, ao se retirar, pegou Tristan no colo para abraçá-lo e apertou de leve o ombro da Marissa.

Toda viagem que envolvia avião, o plano era, sempre que possível, chegar ao destino antes do anoitecer. Seu pai tinha sobrevivido a um acidente aéreo e odiava voar, especialmente à noite. Já que eles iriam ganhar duas horas durante o dia, voando do leste para o oeste, o horário daria certo.

A porta se fechou atrás deles. Jack se encostou a ela por um momento, observando Marissa se abaixar para pegar guardanapos e copos. Cada vez que ela inclinava o corpo, fosse de frente ou de costas, fazia com que o tecido do vestido se esticasse suavemente em suas curvas.

"Mãe? Posso comer mais um pedaço de torta?", Tristan perguntou. Jack viu que seu filho estava olhando com esperança para os dois últimos pedaços de cheesecake.

Para a surpresa de Jack, Marissa consentiu sem questionar. Mas ela já fazia papel de mãe há muito mais tempo que ele, então sabia o que estava fazendo. Ele esperava que ela soubesse. Essa noite, ele estava

preparado para que Tristan dormisse e não que ficasse eufórico com o açúcar.

Marissa terminou de arrumar a louça, e Jack comeu um pedaço de torta ao lado dele. Enquanto comia, ele observava cada movimento e batia papo com os dois, que em pouco tempo, se tornaram suas pessoas favoritas no mundo.

Após carregar Tristan até a cama, Jack o convenceu a ouvir uma história bem curta e prometeu contar três na próxima noite. Depois, ele foi até a Marissa.

As luzes estavam apagadas. A cozinha era iluminada apenas pela luz noturna e a sala por uma pequena lâmpada. Caminhando pelo corredor, ele imaginou as coisas que eles fariam, e com um pequeno empurrão no botão da calça, deixou seu jeans menos apertado.

O quarto também estava vazio, e o zumbido da água correndo o impulsionou a ir adiante, passando toda a extensão do quarto arrumado de última hora, até o banheiro.

Ela estava deitada com o corpo todo esticado na banheira, que ainda não estava completamente cheia, com a cabeça apoiada no azulejo, olhos fechados e um braço para cada lado.

"Você vai ficar parado aí, ou vai entrar?" Sua pergunta foi sutil, doce e sedutora. Era a único convite de que ele precisava.

Em segundos, ele entrou na água e se posicionou atrás dela, para que ela pudesse descansar encostada nele. Incontrolável, suas mãos começaram a vagar, e após ele ter reivindicado todos os lugares possíveis de serem alcançados nessa posição, ele voltou aos seus favoritos.

"Jacks?"

"Humm?"

"Rá!"

Ela se virou animada, e ele respondeu com um gemido parcial, enquanto apreciava seu traseiro em seu colo.

"O quê?"

"Seus pais te chamam de Jacks. Por quê?"

"Não faço ideia." Ele apertou, apreciando as respostas emitidas pelo corpo dela enquanto ele brincava. O peso em suas mãos, as cócegas em suas palmas, a sensação das batidas do coração e das respirações aceleradas dela.

"Bem, qual é o seu nome?" Ela segurou as mãos dele, como se pudesse parar seus movimentos. Como se ela quisesse conversar.

"Jackson.", ele respondeu e relaxou o corpo, deixando-a absorver a informação.

"Sobrenome?"

Ela virou de leve a cabeça quando indagou, movimentando o cabelo pelos ombros e peitoral dele, distraindo-o.

"Humm?"

"Ouvi seus pais se apresentando para os meus pais. E ele falou outro sobrenome. Não era Storm."

"Por que estamos falando sobre nomes?" Ele desceu os dedos por baixo d'água, na esperança de conseguir distraí-la, e foi recompensado quando ouviu a alteração em sua respiração e a sentiu arquear o seio que estava em sua mão. "Tenho uma pergunta. Por que os seus pais queriam saber qual o meu trabalho?"

251

"Eu não sei. Nunca toquei no assunto. Eles ainda não tinham perguntado até hoje, e não parecia importante." Sua entonação era defensiva, e ela ficou levemente rígida.

Por anos, as pessoas ficaram ao redor dele por quem ele era, mesmo antes de ele ser quem é hoje. Quando crescia, seu pai não poderia ser outro, fazendo com que ele e Meg fossem conhecidos pelo mundo. Era difícil saber quem se importava com ele de verdade, quando se tratava de amigos e mulheres.

Ele estava gostando do fato de que Mariss não tinha nem ideia de nada, a não ser conhecê-lo, aqui e agora. Não que o fato mudasse alguma coisa. Jack sabia que ela não faria isso. Ela não tinha agido como uma fã do Jack Storm em nenhum momento.

Não tinha nenhuma razão para acreditar que ela surtaria com o Jack qualquer.

Mais uma noite anônimo. Cravando os dedos em seu cabelo, ele resvalou os lábios em seu ombro e virou sua cabeça de encontro à dele, beijando-a com toda a emoção que sentia.

Seu nome logo voltou a ser pronunciado, mas não em forma de perguntas.

Ela sussurrava entre falhas na respiração.

Inteligível, ela começou, mas não conseguiu continuar.

Ecoava pelos azulejos da banheira enquanto ela gritava baixinho.

Por fim, quando o pronunciou contra sua pele, ela suspirou.

"Eu te amo, Jack."

FIM

Seja o primeiro a ficar sabendo sobre novos
lançamentos ou promoções
www.subscribepage.com/QualJack

www.rockstarreads.com/qual-jack

www.facebook.com/qualjack/